少年陰陽師

冥《めい》夜《や》の帳《とばり》を切《き》り開《ひら》け

結城光流

13521

角川ビーンズ文庫

冥夜《めいや》の帳《とばり》を切り開け

少年陰陽師

登場人物紹介
俺が、いろいろ教えてあげるよ。の図
彰子（あきこ）
左大臣道長の一の姫。強い霊力をもつ。わけあって、安倍家に半永久的に滞在中。
昌浩（安倍昌浩）
十四歳の半人前陰陽師。父は安倍吉昌、母は露樹。キライな言葉は「あの晴明の孫!?」。
もっくん（物の怪）
昌浩の良き相棒。カワイイ顔して、口は悪いし態度もデカイ。窮地に陥ると本性を現す。

勾陣（こうちん）
十二神将のひとり。紅蓮につぐ通力をもつ。
紅蓮（ぐれん）
十二神将のひとり、騰蛇。『もっくん』に変化し昌浩につく。
じい様（安倍晴明）
大陰陽師。離魂の術で二十代の姿をとることも。
六合（りくごう）
十二神将のひとり。寡黙な木将。

天一(てんいつ)
十二神将のひとり。
愛称は天貴。
朱雀(すざく)
十二神将のひとり。
天一の恋人。
青龍(せいりゅう)
十二神将のひとり。
昔から紅蓮を敵視している。
高淤(たかお)
日本で五指に入る
貴船の祭神。
イラスト／あさぎ桜

我が眷族《けんぞく》の血を引いた人間よ。
その力がお前の命を削《けず》るだろう。

1

時折見る夢がある。

ずっと昔の。

本当に本当に昔の。

一番古く、悲しい記憶《きおく》だ。


漆《うるし》のような闇《やみ》だ。

静かに上げた瞼《まぶた》の向こうは、降り積もるような静寂《せいじゃく》に満ち、まだ夜明けの気配もない夜だった。

それまで見えていた光景は明るい陽射《ひざ》しにあふれていた。——あまりにも違《ちが》いすぎて、どちらが現実なのか一瞬《いっしゅん》戸惑《とまど》った。

そっと息を吐《は》き、瞼を閉じた安倍晴明《あべのせいめい》は、穏《おだ》やかに口を開いた。

「……天空《てんくう》」

さわりと、空気が動く。

滅多《めった》に人界に降りることのない、十二神将天空の気配が生じる。が、顕現《けんげん》することはない。

主《あるじ》たる安倍晴明が天空と見《まみ》えたことは、片手の指で足りるほど少ない。

《……なんとした、晴明よ》

初めて会ったときと変わらぬ語調に、晴明は小さく笑った。そうして思う。随分《ずいぶん》長い時間が過ぎたものだと。

それは、神将たちにとってはおそらく、瞬《まばた》きひとつにも等しい僅《わず》かな時間。人間の命というものは、神に連なる存在にはいかほどにはかないものなのか。

答えない晴明に、天空は同じ言葉を繰《く》り返す。

《なんとした》

「頼《たの》みをひとつ、きいてくれまいか」

天空が沈黙《ちんもく》を返す。これは肯定《こうてい》だ。この数十年間で、晴明はそのことを学んだ。

二十歳《はたち》を過ぎたばかりの頃《ころ》に、十二神将を召喚《しょうかん》し式として従えた。ただの人間の式にくだることを、最初に諒承《りょうしょう》したのはこの天空だ。

十二神将を統《す》べる役目を担《にな》う天空は、晴明が何者なのかを見抜《みぬ》いていたのかもしれない。

「……さだめがある。決して動かしてはならないさだめの星だ。が、どうやら歪《ゆが》みが生じてしまったようだ」

静かに、晴明は目を開く。

何も見えない闇の中、隠形《おんぎょう》する神将が、しかし確かにそこに端座《たんざ》しているのを感じた。

「身代わりを、演じてほしい」

《誰《だれ》の》

「安倍晴明」

何気ない口調で告げられた名前は、十二神将たちを従える男のものだった。

闇に向け、老人は淡々《たんたん》とつづけた。

「本来のさだめは、もう少しばかりこの身に猶予《ゆうよ》を与《あた》えてくれていた。が、異形の血がさだめを超《こ》えてしまったようだ。もう、時は残っていない」

だが、晴明の命はまだ歴史に必要とされている。いま死んでしまえばすべてが狂《くる》う。

ひとつの星宿《せいしゅく》を昌浩《まさひろ》が変えた。けれど、星宿というものは本来歪むことのないものだ。ここで晴明までもが星宿を歪めてしまったら、ひずみがどんどん大きくなり、歴史自体が大きく変化してしまうかもしれない。

「安倍晴明はな、もう幾年《いくねん》か、必要なのだよ。だから」

《………》

「わしが死んだら、本来のさだめが終わるときまで、お前が安倍晴明としてこの地に留《とど》まり、星宿の改変を防いでおくれ」

一旦《いったん》言葉を切って、晴明はひっそりとつけくわえた。

「──最後の、頼みだ」

天空の気配が消える。

入れ替《か》わりに、厳しい表情の勾陣《こうちん》と天后《てんこう》が顕現した。

晴明の枕元《まくらもと》に控《ひか》え、ふたりは険しい眼差《まなざ》しを主に注ぐ。

彼らの主安倍晴明は、異形の──天狐《てんこ》の、血を引いている。彼が幼い頃に姿を消した母親が、天狐であったのだ。

十二神将たちは彼の母を知らない。ただ、彼が天狐の子であることは知っていた。

どれほどの力を持っていても、ただの人間に十二神将を従えることはできない。十二神将は高い矜持《きょうじ》を有し、神族に連なっていることを誇《ほこ》りとしている。

天狐は神に通ず。その神格は、人の想《おも》いで生み出された神将たちより高い。だから彼らは安倍晴明を主と認めた。

「……晴明様、いまの言葉は」

漸《よう》う口を開いた天后の声音《こわね》が、明らかに硬《かた》い。

晴明は薄《うす》く微笑《びしょう》した。天后は生真面目《きまじめ》で、おおよそ頑固《がんこ》で、心根が優《やさ》しい。

闇夜に浮《う》かぶ銀色のまっすぐな髪《かみ》が、彼女の肩《かた》からはらりとこぼれた。

「戯《ざ》れ言《ごと》だと、思っていいのですか。それとも」

「……天后、晴明の言葉にそんな響《ひび》きはなかっただろう」

諌《いさ》めるような言葉は、努めて冷静であろうとしている勾陣のものだった。彼女の語調もいささか硬いが、天后よりは平常に近い。

ふたりの神将を交互《こうご》に見やって、晴明は瞬きをひとつした。

「……これ以上、さだめをくつがえすわけにもいかんだろう？」

「ですが」

言い募《つの》ろうとする天后を遮《さえぎ》って、晴明はつづけた。

「星宿を歪めたくはない。……わかっておくれ」

「ですが……！」

そのまま言葉を失う天后の肩にそっと手を置き、勾陣は目を細めて己《おの》れの主を見下ろした。

式にくだったのは、つい昨日のことだと思っていたのに。

若々しく張りのあった肌《はだ》は確かに年輪を重ねて、いまは深いしわが刻まれている。声も変わった。だが、変わらないものがある。

晴明が、十二神将たちに向ける眼差しと、心だ。

「……晴明、尋《たず》ねたい」

「答えられることならば」

「お前が本来迎《むか》えるはずだった天命は、いつだ」

晴明は一度目を閉じた。それから深く息をつき、静かに口を開いた。

「……数えて…」


一年近く前に、晴明の末孫である昌浩が、異邦《いほう》の妖異《ようい》の姦計《かんけい》にはまり、命を落としかけたことがあった。

その折のことが脳裏《のうり》に甦《よみがえ》って、晴明はそのまま思いを馳《は》せた。

閉じた瞼の裏に、いまでも鮮《あざ》やかに見える姿がある。

まだまだ幼い、本当に小さな子どもだ。

——はやくおおきくなって、じいさまのおてつだいをしてあげるね
だから、ずうっとげんきでいてね。

あどけない子どもの笑顔《えがお》は、いつまでも消えることのない大切な記憶だ。

そうだなぁ。じい様は、元気でいたかったよ。

せめてお前が、もう少し一人前になれるまで。

もう大丈夫《だいじょうぶ》だと、安心して残して逝《ゆ》けるようになるまで。

おそらく、それはもう、かなわぬ願いであるけれども。

2

そろそろと闇《やみ》の中を進んでいって、昌浩は足を止め、橋の下に声をかけた。

「車之輔《くるまのすけ》、車之輔、ちょっといい？」

やや置いて、がらがらという輪の音が響き、轅《ながえ》の短い妖車《あやかしぐるま》が自力で土手を登ってくる。

昌浩の肩に乗ってそれを見ていた物の怪《もののけ》が、首を傾《かし》げて片目を閉じた。

「……いつもいつも思うんだが」

「うん？」

昌浩は目だけ動かして、物の怪の横顔を見やる。

大きな猫《ねこ》か小さな犬ほどの体軀《たいく》は真っ白な毛に覆《おお》われて、長い耳が後ろに流れる。同じく長い尻尾《しっぽ》が器用に動き、四肢《しし》の先に具《そな》わった黒い爪《つめ》が昌浩の肩をしっかりと摑《つか》んで均衡《きんこう》を保つ。首周りを勾玉《まがたま》に似た赤い突起《とっき》が一巡《いちじゅん》し、車之輔を見下ろす大きな丸い瞳《ひとみ》は、透《す》きとおった夕焼けの色。

「なんだよ、もっくん」

「車之輔の奴《やつ》は、この急な斜面《しゃめん》をよくもまぁ昇《のぼ》り降りするもんだ」

　土手の高低差はおよそ一丈《じょう》。昌浩は身軽なたちなのでひょいひょいと器用に昇り降りをするのだが、車之輔の風体《ふうてい》は本当に普通《ふつう》の牛車《ぎっしゃ》なので、相当難儀《なんぎ》ではないかと思われる。

「あー、言われてみれば。どうなんだろう。車之輔は妖車だから、土手でも崖《がけ》でも平気なのかなぁ」

「貴船《きふね》までの道のりも朝飯前だしな」

　他愛《たわい》のない話をしているふたりの傍《かたわ》らにやってきた車之輔は、巨大《きょだい》な輪の中央にある恐《おそ》ろしい形相を、ふと怪訝《けげん》そうに歪《ゆが》めた。

　鬼《おに》の顔が昌浩をじっと見つめる。輪の中の顔がかすかに傾《かたむ》けられた。

　視線を向けられていることに気づいた昌浩は、車之輔と同じ程度に首を傾げて目をしばたたかせた。

　昌浩の肩に乗っている物の怪も同様の仕草をする。

　ひとしきり経《た》って、物の怪が白い尾《お》をぴしりと振《ふ》った。

「……………ああ！」

「え？　なに？」

　前足で車之輔を示しながら、物の怪は昌浩を振り返る。

「お前の『目』だよ。ほら、視《み》えなかったはずなのに、まっすぐ自分を視てるから、それだ」

　と、車之輔はそうですそうですというように、轅をぎしぎしときしませる。

「ああ……」

合点のいった昌浩は、一瞬《いっしゅん》言葉に詰《つ》まってぐっと息を止めた。

車之輔の目をじっと見返して、頭部に具わっている角に触《ふ》れると、昌浩は顔をくしゃくしゃにした。

「心配かけたね。ごめんよ。でも、大丈夫。いろいろあって、一応また視えるようになったんだ」

車之輔は、吊《つ》りあがりぎみの両目をこれ以上ないほど丸くした。昌浩を見つめるその目が、大きくうるみだす。

ぎしぎしと轅どころか車体全体をきしませて、巨体の妖車は人間でいうならば感涙《かんるい》にむせびだした。

「車之輔…、またお前のことが視えるようになって、俺ほんとに嬉《うれ》しいよ」

もらい泣きをしている昌浩の肩で、物の怪は至極《しごく》冷静に小さく呟《つぶや》いた。

「……泣き出す牛車にもらい泣く陰陽師《おんみょうじ》。なんつー光景だ…」

呆《あき》れたように肩をすくめて深々と息を吐《は》き出すと、物の怪は昌浩の肩から飛び降りた。

「昌浩や、用があるから呼んだんだろう」

「あ、そうだった。つい」

顎《あご》でくいっと車之輔を指す物の怪の言葉で当初の目的を思い出し、昌浩は神妙《しんみょう》な顔をして車之輔に言った。

「貴船まで、運んでほしい」

車之輔に乗って揺《ゆ》られるのも久方ぶりだ。

牛車の中は暗い。物見《ものみ》を開けて外を見ようかとも思ったが、やめた。そんな気分ではない。

すっかり闇に慣れた目で屋形《やかた》を見上げ、昌浩は何かを堪《こら》えるような顔をした。

車之輔の屋形には、十二神将六合《りくごう》と勾陣、そして物の怪が乗っている。普段《ふだん》、物の怪は昌浩と一緒《いっしょ》にいるのだが、同胞《どうほう》たちとの話があるのだろう。

視線を落として昌浩は、伝わってくる振動《しんどう》と輪の音に意識を向けた。

貴船。帰京してから彼が祭神　高龗神《たかおかみのかみ》の許《もと》に向かうのは、今夜が最初だ。

手のひらをぐっと握《にぎ》り締《し》めて、昌浩は小さく呟いた。

「……神様だったら、きっと…」

ふいに、屋形をこつこつ叩《たた》く音がした。

「……昌浩よ」

走行音に紛《まぎ》れそうになりながら届いたのは、いささか硬《かた》い物の怪の声だ。

「なに？　どうかしたのか？」

「そういうわけじゃないんだが……」

躊躇《ためら》うように言葉が途切《とぎ》れる。やや置いて、低く、気遣《きづか》うような声音《こわね》がつづいた。

「……大丈夫か」

昌浩は目を見開いた。口元が歪む。一度目を閉じて息を止め、感情をやり過ごしてから答える。

「うん…、だいじょぶ」

「そうか」

「うん」

大丈夫、大丈夫だ。

言霊《ことだま》は真実になる。だから、きっと。

運命は変わる。星宿は変えられる。だから。

安倍晴明の命の刻限を延ばすことも、きっとできるはず。


皐月下旬《さつきげじゅん》に近い貴船山は、爽《さわ》やかでぴんと張り詰めるような荘厳《そうごん》さに満ちていた。

この時期は螢《ほたる》の季節だ。貴船川のところどころをぼうとした灯火が行き交《か》い、幻想《げんそう》的な景色と雰囲気《ふんいき》を作り出している。

――来年の夏になったら、螢を見に行こう…

彰子《あきこ》との約束が胸をかすめた。もう夏の半ばにかかってしまった。

「落ちついたら、車之輔で彰子を連れてきてあげなきゃ…」

だが昌浩は、先日彰子ともうひとつ約束をした。そして、ずっとずっと昔に、祖父と大切な約束を。

脳裏《のうり》によぎる記憶《きおく》があって、昌浩は我知らず拳《こぶし》を握り締めた。

まだだ。まだ早すぎる。まだ自分は一人前になっていない。

《昌浩》

隠形《おんぎょう》した十二神将勾陣に促《うなが》されて、昌浩は頷《うなず》いた。

「車之輔、ちょっとここで待ってて」

ぎしぎしと轅を上下させ、妖車は歩き出した昌浩と物の怪の後ろ姿を見送る。その傍らに隠形したままのふたりの神将がいることも、車之輔は知っていた。

昌浩の後ろ姿がなんとも頼《たよ》りなく思えて、輪の中央に具わった鬼の形相が心配そうに歪んだ。

車之輔は、昌浩と意思を疎通《そつう》させることができない。物の怪やほかの十二神将たち、都に住まう雑鬼《ざつき》たちが通訳してくれるのだが、それがかなわないときもある。

西国から戻《もど》ってきてからというもの、妖車の大切な主《あるじ》は、いつも重いものを背負っているような表情と硬い雰囲気をかもし出しているのだった。

鬼の顔が僅《わず》かに傾き、しょげたように目尻《めじり》が下がる。自分にできることがあればよいのだが。

そんな車之輔の視線を感じた物の怪が、長い耳をそよがせた。

「昌浩よ。車之輔が、随分《ずいぶん》心配してるぞ」

「え？」

慌《あわ》てて振り返った昌浩は、妖車《あやかしぐるま》が気遣わしげな眼差《まなざ》しを向けてきていたことにはじめて気がついた。

「あー…、大丈夫《だいじょうぶ》だよー、車之輔ー…」

ぱたぱた手を振って、それに応《こた》えた車之輔が前簾《まえすだれ》をばさっと撥《は》ね上げたのを見届け、昌浩は勢いをつけて駆《か》け出した。物の怪がその横にぴたりと並ぶ。

「心配させるのは、だめだよね。俺一応、車之輔を式にくだしてて、主なんだから」

《式に心配される主はほかにもいる、あまり気に病むな》

涼《すず》しい声が耳の奥に響《ひび》く。勾陣のものだ。遅《おく》れて、それに同意する気配があった。寡黙《かもく》な六合だった。

昌浩は薄《うす》く笑った。確かに、彼らの言うとおりだ。

夜がくるのを待って邸《やしき》を抜《ぬ》け出した昌浩と物の怪のあとに、六合と勾陣は極当然の様子でついてきたのだ。これは別に晴明に命じられたからではない。彼ら自身の意思だ。

物の怪と六合、勾陣という闘将《とうしょう》たちが全員自分の許にきてしまって大丈夫なのかと思ったが、それを口にした昌浩に六合が短く応えた。

『青龍《せいりゅう》と天后、朱雀《すざく》と天一《てんいつ》が晴明の許に控《ひか》えている。問題はない』

さらには、玄武《げんぶ》や白虎《びゃっこ》もいるのだ。あれだけの神将が揃《そろ》っていれば、天狐凌壽《りょうじゅ》がもし万が一襲《おそ》ってきたとしても、迎《むか》え討《う》つことができるだろう。

暗視の術で夜闇《よやみ》を見通し、まっすぐ本宮に向かっていた昌浩は、ふと気づいて首をひねった。

「……あれ、そういえば太陰《たいいん》は？」

あの元気いっぱいの少女が、昌浩たちが帰京してから姿を見せていない。どうしたのだろう。

それを聞いた物の怪が、意味ありげな顔をしてちらと視線を走らせた。何もいないように見えるが、そちらに勾陣が隠形しているのだ。

《……いささかやり過ぎたということで、午《うま》の刻から夜まで延々四刻ばかり白虎に小言をくらってな。異界で反省の海に浸《つ》かっている最中だ、そうっとしておいてやってくれ》

昌浩の頬《ほお》が引き攣《つ》った。

「……四…刻……」

それはまた、随分と、長々説教されたものだ。十二神将たちは気が長いから、それくらい当たり前なのだろうか。

昌浩の表情からそれを読み取った物の怪が、眉《まゆ》を寄せてなんとも言いがたい顔をした。

「いや、さすがに四刻というのは、素晴《すば》らしく長いというか、見事な新記録というか」

「うわ……」

恐《おそ》るべし、十二神将風将白虎。

荘厳な空気に包まれた貴船の最奥《さいおう》にたどりつき、昌浩は呼吸を整えた。

身の引き締まるような静謐《せいひつ》さが周囲を満たしている。

船形岩が見えたとき、昌浩は無意識に足を止めていた。無数の情景が胸中を駆け抜ける。手のひらが痛んだ気がした。思わず見やったそこには何もない。あのとき、爪《つめ》が食い込み血がにじんだ傷は、とうの昔に癒《い》えている。

なのに、それでも時折痛む気がするのは、あまりにも重く、つらい記憶だからだろう。

昌浩の様子を見ていた物の怪は、神妙《しんみょう》な面持《おもも》ちでついと目を伏《ふ》せた。昌浩が何を思って、何を考え、そして何を決断したのか、いまの彼は知っている。昌浩自身が口を割ることはない。だから物の怪は、渋《しぶ》る勾陣と六合に詰《つ》め寄り、真実を問いただしたのだ。

「……騰蛇《とうだ》よ、高龗神のお出ましだ」

顕現《けんげん》した勾陣が目で示す。はっとした物の怪は、そのまま瞬《まばた》きひとつで本性《ほんしょう》に立ち戻った。

先日のように、まず一喝《いっかつ》されてはたまらない。

「紅蓮《ぐれん》？」

驚《おどろ》いたのは昌浩で、突然《とつぜん》異形の姿をといた紅蓮を不思議そうに見上げてくる。遅れて顕現した六合もかすかに目を瞠《みは》っていたが、紅蓮は何も言わずに船形岩を眺《なが》めやった。

さわさわと風が動く。凄烈《せいれつ》な気配が氷刃《ひょうじん》のように鋭《するど》く冷たい神気を伴《ともな》って舞《ま》い降りる。

仄《ほの》かなきらめきが岩上に集約したと思うと、人身を取った貴船の祭神高龗神が姿を現した。

降臨した神は、離《はな》れた場所で立ち止まっている三闘将と昌浩を見下ろし、かすかに目を細めると口を開いた。

「……そこではいささか遠いな、近《ちこ》う」

いつものように岩に無造作に腰《こし》を下ろしながら命じ、高龗神は頬杖《ほおづえ》をついて紅蓮に視線を投げかける。挑戦《ちょうせん》的な視線だ。

さて、お前はこの神の言葉の意味を正確に理解したのか。

そう詰問《きつもん》されているようで、紅蓮は苛立《いらだ》たしげに眉をひそめる。神の思案はときに煩《わずら》わしく、腹立たしい。

それを横目で見ている勾陣が小さくため息をついた。わだかまりが残るのはあまり得策ではない。

「どうしたものか……」

それを聞きとめた六合が不審《ふしん》げに瞬きをしたが、あえて尋《たず》ねるということはしなかった。

昌浩は一歩一歩確かめるような足取りで船形岩の前に立ち止まり、緊張《きんちょう》しながら顔を上げた。

十二神将たちよりもずっと高い場所から見下ろしてくる貴船の祭神は、昌浩が口を開くのを待っているようにも見受けられた。

だが、何を言えばいいのだろうか。その見当がつかない。

「……あ…あの…」

自分がここに来たのは、この神に頼《たの》みがあるからだ。だが、この神は気紛《きまぐ》れで、気難しくて、人間考えでは動いてくれない。

言葉ひとつでその機嫌《きげん》を損《そこ》ねる。損ねれば、希望が失われる。

何度も口を開きかけては言葉を探しあぐねて言い澱《よど》んでいる昌浩に、それまで冷たい無表情だった神が、唐突《とうとつ》に呼びかけた。

「がんぜない、子どもよ」

「は…はい」

反射的に背筋がのびる。高龗神は厳《おごそ》かな声音《こわね》でつづけた。

「この高淤《たかお》に、まず言うことがあるだろう」

「え……」

思いがけない言葉を受けて、昌浩は混乱した。神に言わねばならぬこと。なんだ、それは。

わけがわからないのは三闘将たちも同様だ。特に紅蓮と勾陣は、先日の高龗神の冷徹《れいてつ》な態度を目《め》の当たりにしていたこともあって、その真意が掴《つか》めない。

しばらく考え込んでいた昌浩は、自分なりに出した答えを示した。

「え…と、あの、ただいま戻《もど》りました」

神の柳眉《りゅうび》が僅かに動き、昌浩の背後に控えた三闘将が色を失った。待て、いくらなんでもそれは違《ちが》うだろう。高龗神の言葉も唐突だが、昌浩のそれに対する反応もまた、三闘将たちの予測の範疇《はんちゅう》を超《こ》えている。

剛胆《ごうたん》さを誇《ほこ》る紅蓮と勾陣が揃って血の気の引いていく音を聞く横で、六合は逆に感嘆《かんたん》すらしているようだった。

極度に緊迫《きんぱく》した空気が周囲を満たす。

それまでじっと昌浩を凝視《ぎょうし》していた高龗神は、ふと口端《こうたん》を吊《つ》り上げた。そのまま手のひらで目許《めもと》を覆《おお》って喉《のど》の奥で小さく笑い出す。

ひとしきり笑ったあとで、神は先ほどとはうって変わった柔和《にゅうわ》な視線を昌浩に向けてきた。

「……本当に、お前は面白い」

面白い、と突然評された昌浩は困惑《こんわく》した風情《ふぜい》で後ろの神将たちに振《ふ》り返る。

それってどういうことだ、と目で問われたが、神将たちはなんとも答えようがないので沈黙《ちんもく》を返すだけだ。

釈然《しゃくぜん》としない様子の昌浩は、高龗神に向き直って口をへの字に曲げた。神は依然《いぜん》笑っている。

どうしたものかと思案していた昌浩は、ふいに視線を感じて周囲を見渡《みわた》した。

それに気づいた高淤が笑うのをやめる。

「どうした?」

「……いえ…、気のせいです、多分」

首を振り、昌浩は高淤を見上げた。

真剣《しんけん》な眼差しが神を射貫《いぬ》く。気に入りの子どもがひと回り成長したのを肌《はだ》で感じ、高淤は笑いを噛《か》み殺した。再び笑ったら、さすがの子どもも気分を害するだろう。

頬杖をつき、高淤は昌浩の視線をまっすぐ受け止めた。

「用向きを聞いてやろう」

昌浩はごくりと喉を鳴らした。用意していた言葉を注意深く並べる。

「お願いがあります」

「……お前の口からそういう意味合いの言葉を聞くのも、久しいな」

昌浩の目がかすかに揺《ゆ》れた。駆《か》け抜《ぬ》ける光景は、確かに過去のものなのに、未《いま》だに重くつらい余韻《よいん》を残す。

落ちつくために深呼吸して、昌浩はつづけた。

「教えてください。人の星宿を変える術《すべ》を。――祖父のさだめを、変える方法を」

神の顔から笑《え》みが消えた。その身にまとう空気がすっと厳しさを帯びる。

秀麗《しゅうれい》な目許に人の身では窺《うかが》い知ることのできない感情をにじませながら、貴船の祭神は静かに言の葉をつむいだ。

「それを知って、なんとする」

昌浩はぐっと息を詰めた。そんなことはわかりきっている。なのにそれをあえて問うてくるのは、昌浩の願いが神意に反したものだからだ。

神意をくつがえすことができなければ、自分の願いはかなえられない。

「高淤の神。俺は、まだ何もできていないんです。たくさん約束をしたのに、そのどれも果たせていない」

神は無言でつづきを促《うなが》す。その視線が射るようで、昌浩はすくみそうになる体を叱咤《しった》しながら、無意識に縮こまりそうになる背筋を努めてのばした。

その背を、三闘将《とうしょう》たちは黙《だま》って見守ることしかできないでいる。もはや、彼らが口を出せる領域ではない。

瞳《ひとみ》の奥に熱が生じた。それを必死でやり過ごしながら、昌浩は懸命《けんめい》に言葉を選ぶ。

「まだ、早い。まだ、だめです。俺は……っ！」

ふいに声が出なくなった。

神の視線が鋭くて、それに萎縮《いしゅく》したからかと思った。

だが、すぐに違うと気がついた。

そうではない。神は威圧《いあつ》してはいない。涼《すず》やかな水面《みなも》に似た双眸《そうぼう》は感情を見せず、人間の子どもを静かに見下ろしている。

昌浩から言葉を奪《うば》ったのは、昌浩自身の感情だ。

百万語を並べるよりも、何よりも。言葉を飾《かざ》る必要など、本当はない。

喉に絡《から》まるものを飲み下すこともできず、震《ふる》える拳《こぶし》を握《にぎ》り締《し》める昌浩を、高淤の神はじっと見つめていた。

「……言うべきことがあるのだろう」

昌浩の肩《かた》が大きく震える。見栄《みえ》も体裁《ていさい》も、神の前では意味がない。

昌浩はひくりと息を吸い込んだ。目の奥が熱い。瞼《まぶた》が震える。ああ、なんてみっともない。

「……じい様に…生きててほしいんです…っ！」

ずうっとげんきでいてね。

舌足らずにそう告げたとき、しわの刻まれた顔が、これ以上ないほどに笑み崩《くず》れた。そうして、何度も何度も頷《うなず》いた。

——うん、うん。できるだけ頑張《がんば》って、元気でいような……

だから信じていたのだ。祖父はいつまでも元気なのだと。自分が大きくなって、約束したように手伝いをできるようになるまで。

そんなことは、ありえなかったのに。

自分が必ず成長するのと同じように、祖父もまた確実に老いていく。常にそばにいて、なのにそれに気づかなかった。気づきたくなくて、見ないふりをしていたのだ。

「俺が未熟だから……！　半人前で頼《たよ》りないから、何度も無理させて、すごくつらいことも頼んで。なのに、全部、許してくれて。俺は……っ」

俺はまだ、何も返せていないのに。

「高淤の神、教えてください。助ける方法を、教えてください……！」

それは、悲痛な声だった。

神将たちは、初めて聞く昌浩の叫《さけ》びに胸を衝《つ》かれた。幼い頃《ころ》から変わらずに、この子は祖父が大好きで、大切で、頼って、慕《した》って。口でなんといっていても、その根幹が変わることは決してなかったのだ。

貴船の涼風《りょうふう》を縫《ぬ》って響《ひび》いた訴《うった》えが、木霊《こだま》となって消えていく。

高淤のくせのある黒髪《くろかみ》が風に遊ばれた。彼女の胸元《むなもと》に下がった龍珠《りゅうじゅ》が仄《ほの》かにきらめく。

痛いほどの静寂《せいじゃく》が漂《ただよ》いはじめた頃、人身を取った龍神《りゅうじん》は厳かに口を開いた。

「……がんぜない、子ども。まだ年端《としは》も行かぬ、無垢《むく》な子どもよ。お前の意に副《そ》うことは、この神にはできぬ」

昌浩は目を見開いた。重い槍《やり》が胸元を貫《つらぬ》いたように感じて、頭の中が真っ白になる。

愕然《がくぜん》と立ちすくむ子どもを見下ろして、高淤は腕《うで》を組んだ。

「未《いま》だ定まらぬ星宿。この神が手を出せる余地はない。いずれかの星宿がさだまれば、あるいは手を貸してやることもできるが、……いまはまだそのときではない。——赦《ゆる》せ」

瞑目《めいもく》する神の表情は真摯《しんし》だった。

人間風情に、それもただの子どもに、貴船の祭神が頭を下げたのだ。

だから昌浩は理解してしまった。

助けられないのだと。自分たちの身に宿る異形の血は、確実に命を削《けず》っていく。祖父の天命は、避《さ》けられないものなのだと。

「……神よ、高龗神よ」

耳朶《じだ》を叩《たた》いたのは紅蓮の声だった。昌浩は振り返ることもできずにそれを聞いている。

一歩前に出た紅蓮を見下ろして、高淤は無言をとおす。拒絶《きょぜつ》の意思はないと取り、紅蓮は語調を抑《おさ》えながら訴えた。

「さだまらぬ星宿とはなんだ。それがさだまれば、晴明の天命は延びるのか⁉」

高淤の双眸がきらりと光った。鋭利《えいり》な眼光が紅蓮に注がれる。圧倒《あっとう》的な神位の差が、紅蓮の両肩に重くのしかかった。

「私もそれを尋《たず》ねたい、答えられよ」

孤軍奮闘《こぐんふんとう》していた紅蓮に、勾陣が加勢した。高淤の柳眉がかすかに上下する。見れば、沈黙したままの六合もまた同意であるようだった。

高淤はそっと息をついた。

神の末席に連なる十二神将にこれほど慕われるとは、安倍晴明は幸せ者だ。

「……人の命運を、神は背負わない。人の命運を左右するのは、常に同じ人だ。……知りたければ、これに占《せん》じさせてみればいい。おのずと見えてくるだろう」

水を向けられた昌浩は驚《おどろ》いたように目を瞠《みは》った。未熟な自分にわかるのだろうか。

背中に三対《つい》の視線を感じる。昌浩は大きく深呼吸した。

「……それで、道が開けますか」

「切り開けるか否《いな》かは、すべて人の心次第《しだい》よ」

昌浩は瞑目して心を鎮《しず》める。

神の意思は、常に人の思惑《おもわく》を超《こ》えたところに存在している。だが、彼は知っていた。

本当に必要だと思うとき、この神はいつも、無造作に力を貸してくれるということを。

昔、貴船で絶体絶命だと思われたとき、離魂《りこん》術を用いて現れた晴明が言っていた。

――人を頼るな。人事を尽《つ》くして天命を待つ。お前が精一杯《せいいっぱい》努力したのなら、おのずと運も開けるということさ耳の奥に甦《よみがえ》った声音がある。

昌浩はいまさらながらに思い知った。

いつもいつも、惑《まど》いの迷路に取り込まれ、どうしようもなく立ちすくむとき、それを抜け出すきっかけを与《あた》えてくれるのは、常に安倍晴明だったのだ。


貴船の神域から、肩を落とした少年を乗せた妖車《あやかしぐるま》の気配が遠のいていく。

船形岩の上に座したままそれを感じていた高龗神は、頬杖《ほおづえ》をついたまま低く呟《つぶや》いた。

「……あれが、過日話した子どもだよ」

いつの間にか岩の陰《かげ》に寄りかかっていた痩身《そうしん》がある。夜目にも鮮《あざ》やかな白銀の髪を鬱陶《うっとう》しげに掻《か》きあげて、天狐《てんこ》晶霞《しょうか》は視線を貴船の龍神に投じた。

涼やかな青灰《せいかい》の瞳が仄かにきらめく。

感情の読めない目だ。ずっと昔から、この天狐は本心をあまり見せることがない。見た目の痩軀《そうく》からは想像もつかない甚大《じんだい》な神通力を秘《ひ》めながら、その容貌《ようぼう》は少女のようでもあるのだ。

「まだまだがんぜない子どもだな」

「我らから見れば、人などみな赤子以前の生きものよ」

小さく笑う高淤の許に造作もなく飛び上がり、その傍《かたわ》らに膝《ひざ》をついて晶霞は息をついた。

「この地のどこかに、凌壽がひそんでいる。私がこの地を離《はな》れれば、あれは眷族《けんぞく》を血祭りにあげるだろう」

「もはや余命いくばくもない老いぼれでも、眷族である以上見捨てることはできないか」

あまりといえばあまりな高淤の言いぐさに、晶霞は顔をしかめた。目許《めもと》に険が宿る。

青灰の双眸に睨《にら》まれて、高淤は瞼を小さく動かした。

「まったく、お前たち天狐の同族に対する情の深さは、我々の理解の範疇《はんちゅう》を超えるな」

「薄情《はくじょう》な天津神《あまつかみ》とは根本が違《ちが》うのさ」

互《たが》いに容赦《ようしゃ》のない物言いをしながら、彼らの間に流れる空気は穏《おだ》やかだ。

岩上に立ち上がり、晶霞は夜闇《よやみ》を見はるかした。鬱蒼《うっそう》と茂《しげ》る森の向こうに、人間たちの住む都が広がっている。そしてそこでは、彼女と同じ天狐の血を継《つ》いだ老人が、消えかかった命の灯火を抱《いだ》いているのだ。

「……あの子どもは、あの男の血族か」

彼女が誰《だれ》を指しているのか正確に読み取って、高淤は頷いた。

「ああ。……狐の子として生を受けた安倍晴明と、その後継《こうけい》と謳《うた》われる未熟な子どもだよ」

その血は、あの子にのみ受け継がれた。

この先あの子どもが長じて血をつないでいくことになったとき、天狐の『血』がどこまで継《けい》承《しょう》されていくのかは、高淤にもわからない。

「人の血と交じり合った異形の血は、消えるか？」

厳かな問いを受けて、晶霞は思慮《しりょ》深げな顔をした。が、すぐに淡《あわ》い笑みに成り代わる。

「……さて。天津神にも読めぬ未来が、たかが異国の天狐にわかろうはずもないだろう…？」

もとより答えがあるとは思っていない。

貴船の祭神は口端《こうたん》を僅《わず》かに吊《つ》り上げると、子どもの立っていた場所を見やって呟いた。

「……これでも私は、お前を気に入っているんだ」

でなければ、気紛《きまぐ》れな天津神が、脆弱《ぜいじゃく》な人間の頼《たの》みなど、そう何度も聞くはずがないのだ。

あまりにもたくさんのことがありすぎて、心にのしかかる重圧がつらすぎて、あの子はそれを忘れてしまっているのかもしれないが。

3

皐月下旬《さつきげじゅん》に入った。

夏の盛りを迎《むか》えて、土御門殿《つちみかどでん》の夏の庭は花の盛りを迎えている。

陽射《ひざ》しを入れるために上げられた蔀《しとみ》。目隠《めかく》しの御簾《みす》が風に揺《ゆ》れる様を見ながら、帳台《ちょうだい》の中で身を起こした中宮章子《ちゅうぐうしょうこ》は憂《うれ》いを含《ふく》んだ面持《おもも》ちでいた。

先ほど、身の回りの世話をしてくれている女房《にょうぼう》が朗《ほが》らかに言った。

「中宮様、随分《ずいぶん》お顔の色が良うなられましたこと。これでしたら、じきに内裏《だいり》の藤壺《ふじつぼ》にお戻《もど》りになれますわね」

主上もお待ちになっておられましょうし、早速暦《さっそくこよみ》の吉《よ》い日を選びましょう……。

中宮は息をついた。

あの恐《おそ》ろしい夜から数日。

一晩中昏倒《こんとう》していた女房や舎人《とねり》たちは、目覚めると何事もなかった様子で日常に戻っていた。

あの夜のことを覚えているのは、彼女だけだったのだ。

そう考えて、いいえと彼女は頭《かぶり》をふった。

もうひとり、いる。

暁《あかつき》に、彼女の前に現れた、少年だ。

——あなたを守ると約束した、陰陽師《おんみようじ》
彼女とさほども歳《とし》の変わらないように見受けられた陰陽師。

時間が経《た》つほどにその姿は朧《おぼろ》にかすんでいく。

もしかしたら、あれは夢だったのではないだろうか。あまりの恐ろしさに、それから逃《のが》れたい一心で、自分の心が作り出した幻影《げんえい》だったのでは。

彼は、自分を見て『彰子』と口にした。あのときは、なぜその名を、と驚愕《きようがく》した。だが、冷静になって考えてみれば、彰子と呼ばれるのは別に不思議なことではないのだ。

いまの自分は『彰子』の身代わりなのだから。

では、あの陰陽師が守ると言ったのは、やはり『彰子』だったのか。

「………」

つきりと、胸の奥が痛んだ。

納得《なつとく》ずくで身代わりとなったはずなのに、どうしていまになって胸が騒《さわ》ぐのだろう。

これから自分が生きていくのは、本当の『彰子』が歩んでいくはずだったさだめだ。

そのことに疑いを抱《いだ》いたことなどなかったのに、なぜいまになって、これほど心が乱れるのだろうか。

中宮は瞑目《めいもく》した。涼《すず》やかな風が頬《ほお》を叩《たた》く。耳元でぬばたまの黒髪《くろかみ》がさらりと流れる音がする。

陰陽師。

内裏に戻る前にもう一度、彼に会ってみたい――。


夜の帳《とばり》が世界を覆《おお》い尽くしてから数刻が経った。

帳台の茵《しとね》に横たわり、規則正しい寝息《ねいき》を立てている中宮を、見下ろす一対《つい》の目があった。

「……ふぅん」

興味深そうに瞬《まばた》きをして、口端を吊り上げた男が膝を折り、もっとよく見ようと中宮の寝顔を覗《のぞ》きこむ。

人間にしては秀麗《しゅうれい》な造作だ。もう数年もすれば、人界きっての美貌《びぼう》と謳われるだろう。だがまだ幼さが残っている。

なるほど、この幼さならば、長じたのちに面差しが極端《きょくたん》に変貌しようとも、誰も不審《ふしん》には思うまい。

天狐凌壽は、喉《のど》の奥でくつくつと嗤《わら》った。

「ああでも、非力で脆弱な娘《むすめ》というのは可愛《かわい》いものだなぁ。このまま丞按《じょうあん》の目論見《もくろみ》を遂行《すいこう》させるのは、いささか面白くない」

網代笠《あじろがさ》をかぶったあの男は、この娘を狙《ねら》っているのだ。

先日は邪魔《じゃま》が入ってあと一歩のところで目的を果たせなかった。この娘があの見えない障《しょう》壁《へき》に守られた内裏に戻ってしまえば、いくら奴《やつ》の法力が絶大とはいえ手出しすることは難しい。

長く尖《とが》った爪《つめ》で中宮の頬を引っ掻《か》く真似《まね》をして、凌壽はうっそりと笑った。

「……面白くはないが、あれには動いてもらわねば困る」

目くらましのためにも。

昼間、この娘は思い悩《なや》む風情《ふぜい》だった。気落ちした様子で何度も息をついていた。内裏に戻ると言われたことがきっかけのようだった。人間の思案などには興味はないが、利用はできそうだ。

「戻らずにすむようにしてやるか。そのほうが、丞按の狙いにも合致《がっち》するしな」

風の動きを感じたのか、中宮がかすかに身じろいだ。凌壽はじっとそれを見下ろす。自分の存在にまったく気づく様子もなく眠《ねむ》る少女の耳元で、異形の狐《きつね》はそっとささやいた。

「……聞こえるか…？」

◆　◆　◆

体が動かない。

指一本動かすことができない。自分はいったいどうなってしまったのだろう。
鼓動《こどう》の音だけがやけに響《ひび》いて、それ以外の一切《いっさい》が消えている。
「……あ……」
かろうじて発した声はまともな言葉にならなかった。恐怖《きょうふ》が胸を締《し》めつける。
——望みは……？
頭の奥で、誰かの声がする。これは誰の声。知らない、こんな声は。
怖《こわ》い。早鐘《はやがね》を打つ心臓が爆発《ばくはつ》しそうだ。
「……助……けて……！」
脳裏《のうり》にひらめいたのは、あのとき垣間《かいま》見た少年。
守ると言ってくれた人。お願い、助けて、助けて。
見えない何かが、すぐ近くで嗤った気がした。
会いたい、もう一度。あなたはどうして助けてくれたの？
——ならば……
胸の奥が跳《は》ね上がる。
望みは。
あの人に会って、あの言葉の真意を——。

◆　◆　◆

さあさあと降り止《や》まぬ雨が、ほんの少しだけ和《やわ》らいだように思えた。

無数の書物を抱《かか》えて簀子《すのこ》を渡《わた》っていた昌浩は、ふと立ち止まって空を見上げた。

「高淤の神が張り切ってるのかなぁ」

昨年の今頃《いまごろ》、かの神は異邦《いほう》の妖異《ようい》に封《ふう》じられていて、まったく雨がなかったため、都は干上《ひあ》がる寸前だった。

昌浩の足元で直立した物の怪が、欄干《らんかん》にひょいと前足をかけてのびあがる。

「張り切ってるつーか、この時期の雨は義務だしなぁ。でないと秋が大変だ」

「うん、だよね」

雨が降っていると貴船に行くのもひと苦労だ。できれば合間の晴れ空を選んで、彰子を連れて貴船に赴《おもむ》きたいのだが。

しかし、ずっと出雲《いずも》に出向いていたため、ただいまの昌浩は仕事の波にもまれて大変に忙《いそが》しい。仕事といっても雑用なのだが、ただの雑用でも溜《た》まっていると重労働だ。

昌浩と同じように出雲に出向していた長兄成親《ちょうけいなりちか》も、未《いま》だに片づかない仕事に押し潰《つぶ》されているとのことだった。

「兄上、あれからうちに来ないしねぇ」

「あー……」

物の怪がなんともいえない風情で唸《うな》った。右前足で器用に頭を掻《か》き、目をしばたたかせる。

「片づけるまでは寄り道なんてもってのほかだろ。ただでさえ、ふた月以上も暦《れき》部署を空けてたんだ、暦生どもにしてみたら一番上のお偉《えら》いさんがいなかったわけで、その労苦たるや想像を絶するもんだっただろうと……」

滔々《とうとう》と言葉を並べる物の怪の声が、どたどたという足音に掻き消された。

「むっ、騰蛇に昌浩、元気か」

一応敬意を表したのか、十二神将の名を先に述べ、暦博士《はかせ》安倍成親が足早に歩いてくる。駆《か》ける、という表現をするほど速くはないが、果たしてあれを歩くと表現してよいものやら。

成親の進行を邪魔しないよう足を引いてすみにより、昌浩は不審そうに眉《まゆ》を寄せた。

「どうしたんですか、そんなに急ぎ足で…」

「うん、ちょっとな。帰ろうと思って」

「あ、そうなんですか。じゃあ義姉《あね》上によろしくお伝えください」

「ああ、じゃあまた。そうそう、近々昌親《まさちか》と一緒《いっしょ》に安倍邸《てい》に顔を出す。藤花《ふじか》殿《どの》にもよしなに」

聞きなれないその呼称《こしょう》が誰《だれ》のことを指しているのか察知して、昌浩は咄嗟《とっさ》に顔を強張《こわば》らせた。

物の怪も同じように固まっている。

成親は足を止めた。

「なんだなんだ、いちいち動揺《どうよう》するんじゃない。これからこういうことはいくらでもあるだろうに」

いち早く立ち直ったのは物の怪だ。成親の前に回り込んで直立する。

「だからといって、こんなところでその話題を出すんじゃないっ」

牙《きば》を剝《む》いて吠《ほ》える物の怪に肩《かた》をすくめ、成親は口をへの字に曲げた。

「と、言われてもなぁ。帰京早々他省の若人《わこうど》から、晴明様のお邸《やしき》にどこぞの姫君《ひめぎみ》が入られたんですね、と言われたしなぁ」

今度こそ昌浩は音を立てて固まった。なんだそれは。自分は知らないぞ。

かぱっと口を開いたまま絶句している物の怪を見下ろしながら、成親は思慮《しりょ》深い顔をした。

「へたに隠《かく》すと勘《かん》ぐられるからな。一応体裁《ていさい》は取り繕《つくろ》っておいた」

「ど、のよう、に……」

ぎくしゃくしている末弟《まってい》に、長兄は人の悪い笑《え》みを向ける。

「ああ、それはうちの末弟の許婚《いいなずけ》、未来の妻《さい》ですよ。年の頃もちょうど良いので本人はもとより家族全員一致《いっち》でお迎《むか》えした次第《しだい》、と。あっさり納得《なっとく》されたぞ、良かったなぁ」

爽《さわ》やかに笑う口元に白い歯が覗く。悪びれない笑顔のくせに、発された言葉は特大級の衝《しょう》撃《げき》だ。

先ほどとは別の意味で硬直《こうちょく》したまま絶句している昌浩の様子に、成親は満足そうに頷《うなず》いた。

それを見た物の怪が、深々とため息をつく。

「……お前、何も知らされてなかったことに対する仕返しだろう、それ」

「さぁな。想像の翼《つばさ》を働かせることは自由だ、とだけ言っておく」

飄々《ひょうひょう》と言ってのけ、成親は肩越《かたご》しにはっと背後を顧《かえり》みた。

「おっと、まずいまずい。じゃあな」

嵐《あらし》のように現れて、怒濤《どとう》のように去っていく。

彫像《ちょうぞう》と化した昌浩が取り残されてから少々の間を置いて、暦生たちが揃《そろ》って早歩きをしてきた。

「直丁《じきちょう》の昌浩殿、うちの博士を見かけませなんだか！」

「……あ…え…と…」

もごもごと言いながら、ぎしぎしと音を立てる手を懸命《けんめい》に動かして、成親が去っていったほうを指し示す。暦生たちは大きく頷くと、口々に礼を言い置いて去っていった。

書物を抱えたままの昌浩を見上げて、物の怪はやれやれと肩をすくめる。

「さすが長男。こいつが一番応《こた》えるのがなんなのか、よく知ってるわな」

感嘆《かんたん》とも呆《あき》れともつかない風情で息をつく物の怪に対し、昌浩は相変わらず固まったままようやく呟《つぶや》いた。

「さ…妻、…て…」

知らない間に、そんなとんでもない事態に。

まだ十四歳だとか、半人前の未熟者だからとか、そういうことは一切無視で、安倍晴明の後継《こうけい》と目される少年の未来予想図が確定しつつあることを、本人だけが知らなかったのだった。

昌浩は極限の恐慌《きょうこう》状態に陥《おちい》った。

待て、それはちょっと待て。いや、別に嫌《いや》だとかそういうわけじゃないけど、そもそもそんな段階ではなくて。というか段階ってなんだよ俺、大体彰子はうちで預かっているだけなんじゃないか。そりゃあ無期限だけれども、だからといってそんな。それにこの話が左大臣様の耳にでも入ったりしたら、激しく立腹されること請《う》け合いだ。何せ安倍氏はそこそこでしかない、なんとか貴族の端《はし》っこに引っかかっている程度の家柄《いえがら》で身分だって高くないし財産も裕福《ゆうふく》とは言いがたいし。そりゃ極貧《ごくひん》てわけじゃないけど、藤原《ふじわら》の氏《うじ》の長者に比べたら…比べることが間《ま》違《ちが》ってるんだってば。彰子ひとり養うくらいだったら余裕にしたって、それはそれ、これはこれ。やはりこう、何をするにも体裁とかそういうものをちゃんと整えて、そもそも本人の意思確認《かくにん》だってしてないし……。て、待て俺、意思確認てなんだ、落ちつけ俺。ああもう兄上、なんて話を知らない間に吹聴《ふいちょう》してくれたんだ……！

「………おい、昌浩や」

半眼になった物の怪が、夕焼けの瞳《ひとみ》で昌浩をじとっと見上げた。

「自覚ないだろうから教えてやるが、お前いま考えてること全部口に出して言ってるからな」

「えええぇぇぇっ!?」

かえるが潰されたような声でうめいたきり、またもや絶句する昌浩を眺《なが》めながら、物の怪は前足で首のところをかりかりと掻いた。

「おお、動揺しとる動揺しとる。見事だなー、成親」

確実に、安倍晴明のたぬきの部分が遺伝している。

書物を抱えたまま青くなったり赤くなったりしている昌浩を尻目《しりめ》に、物の怪は後ろ足で首元をわしゃわしゃと掻きまわした。

実は、ずっと隠形《おんぎょう》しているが、彼らの傍《かたわ》らには十二神将の六合もいるのだ。試《ため》しに目線を投げてみれば、あらぬ方を見ている長身の肩がかすかに揺《ゆ》れていた。

おお、これまた珍《めずら》しい。あの六合が笑っている。

「ま、微笑《ほほえ》ましい反応だしなぁ」

うむうむとしきりに頷いて、物の怪はよいせと直立した。

「落ちつけ。こんなところで突《つ》っ立ってると、そろそろ……」

物の怪が言い終わらないうちに予想していた叱責《しっせき》が飛んできた。

「昌浩殿、まだそんなところに！」

昌浩は文字どおり飛び上がった。

「はいっ、すみませんっ！」

幾《いく》つかの書巻を手にした藤原敏次《としつぐ》が、盛大に足音を立てながら詰《つ》め寄ってくる。見えない彼に蹴飛《けと》ばされそうになって、物の怪はひょいとそれを避《よ》けながらむくれた。

「もう少し注意力というものを持てというんだ、この口だけ達者な能無しえせ陰陽師《おんみょうじ》」

《それは正当な評価ではないだろうに》

珍しいことに口を出してきた六合である。今日は珍しいことだらけだなぁと、苦虫を嚙《か》んだような顔をしながら物の怪は思った。

「こいつなんか無能で無謀《むぼう》で無知で無思慮なえせ陰陽師もどきで充分《じゅうぶん》だっ！」

《公正さを持つことを勧《すす》めておこう》

あまり感情の読めない抑揚《よくよう》の乏《とぼ》しい声音《こわね》が耳朶《じだ》に届く。物の怪は低く唸って目尻を吊《つ》り上げた。

「お前は誰の味方だーっ！」

《そういう問題ではないだろう》

いきり立つ物の怪に対し、どこまでも冷静な六合である。

一方、物の怪と六合の舌戦を背景に、昌浩は敏次の説教を食らっていた。

「書物を抱《かか》えて出て行ってから、待てど暮らせど戻《もど》ってこない。いくら西国から戻ったばかりとはいえ、少々たがゆるんでいるのではないのかね！」

「はい、申し訳ありません。以後気をつけます」

殊勝《しゅしょう》に詫《わ》びる昌浩を見下ろして、敏次は険しい顔でため息をついた。

「……晴明様の容態が思わしくないのは承知しているが、だからこそ気を引き締《し》めておかないと、陰《かげ》で何を言われるかわかったものではない。いい加減いっぱしの自覚を持ちたまえ」

「はい、本当に……自覚？」

前半と後半の文脈に奇妙《きみよう》な齟齬《そご》を感じて、昌浩は思わず繰《く》り返した。すると敏次はそうだと頷く。

次に彼が発した言葉は、昌浩の度肝《どぎも》を抜《ぬ》くものだった。

「せっかく意中の姫を邸に迎えたのだろう。随分《ずいぶん》性急だと感じないでもないが、へたに夜歩きをして体を壊《こわ》すよりは同じ邸で……、昌浩殿、どうした？」

茫然《ぼうぜん》自失の体で、昌浩はばさばさばさっと手にしていた書物をすべて取り落とした。

さしもの物の怪と六合も舌戦を休止して敏次を振《ふ》り返る。

怪訝《けげん》そうにしながらも、敏次は膝《ひざ》を折って書物を拾い集めた。

「なんだ、いまさら動揺する必要がどこにあるというんだ。隠さなければならないというわけでもないだろう」

いえ、隠さなきゃいけなかったんです。

という心の叫《さけ》びは、音になることはなかった。

「ほら、しっかりしたまえ。ただでさえきみは遅《おく》れが目立つのだから、へたにやっかまれる可能性がある。しゃんとしていないと隙《すき》をついてどんなことを言われるか」

いくら晴明様の孫だと言っても、吉昌《よしまさ》様の子だと言っても、成親様と昌親様の弟だとしても、きみ自身はまだまだ未熟な身の上なのだから。

拾った書物を手渡《てわた》しながら滔々《とうとう》と諭《さと》す敏次に、昌浩は強張《こわば》りながらもこくりと頷いた。彼の言葉は正しい。自分はとても恵《めぐ》まれていて、それを妬《ねた》む者もいるだろう。そしてそういう輩《やから》はおしなべて、こんなふうに直接厳しいことを言ってくれたりは絶対しない。

深呼吸して、昌浩は気持ちを落ちつけた。

「……はい。気をつけます」

「うん、わかればいい。ほら、まだ仕事は山積みだ、ぼさっとしている間などない」

「はい。……ありがとうございます」

きびきびとした所作で部署に戻ろうとしていた敏次は、足を止めて昌浩を振り返った。

「…………」

一度瞬《まばた》きをして、彼は薄《うす》く笑うと小さく頷《うなず》き、何も言わずに踵《きびす》を返した。

その背を見送りながら、昌浩は表情を曇《くも》らせた。

「……そうだよな…しっかりしないと…」

いつもいつも、大事なところで大事なことを教えられているようだ。

「ああいう人にならないと、だめだよね。頑張《がんば》らなきゃ」

しきりに頷く昌浩に、直立した物の怪がわめいた。

「こらこらっ！　あんな奴《やつ》を目標にするくらいなら晴明を目指せ、晴明を！」

「やだよ。俺じい様を越《こ》えるんだから。目標にしちゃったら越えられないじゃないか」

「む……」

正論だ。

あっさり返されて二の句が継《つ》げない物の怪に、隠形したままの六合がとどめを刺《さ》した。

今度こそ反論ができない物の怪は、無言でふるふると背中を震《ふる》わせる。

「ほら、行くよもっくん。たそがれてないでよ」

「たそがれてなんぞいないっ」

「でも背中に哀愁漂《あいしゅうただよ》ってるよー」

てくてくと歩き出した昌浩に、やや遅れた物の怪が憤然《ふんぜん》とついてくる。その様子を見ながら、昌浩は小さくため息をついた。

動揺の波を越えたおかげで冷静に考えることができる。

自分が出雲にいた間にも、彰子はちょくちょく市に出向いたりしていたのだろう。出入りする姿を見られていたに違いない。が、さすがに衣《ころも》を被《かず》いていただろうし、藤原の氏の長者の姫《ひめ》の容姿など、そうそう知れ渡ってはいないだろうから、素性《すじょう》が知られることがなかったのだと考えられる。

「これからは控《ひか》えさせたほうがいいのかな…」

だが、彼女はとても楽しそうに出歩いている。それも知っているから、一概《いちがい》には止められない。できることなら自由にさせてやりたい。それは、元のさだめのままで生きていたなら絶対に味わうことのできなかったものだ。

そこまで考えて、昌浩はふと、過日垣間《かいま》見た中宮《ちゅうぐう》の姿を思い出した。

蔀戸《しとみど》越しに見た面差《おもざ》しは、自分が知っている少女のものと生き写し。だが、よくよく思い返してみれば、まったくの別人なのだ。

顔が似ていても、差異が現れる。心が違《ちが》うから、まったく同じにはならない。

でも、本当によく似ていた。確かにあれなら、身代わりだと言われても納得《なっとく》がいく。

張り詰めた表情、不安げに揺れていた瞳《ひとみ》。いまにも泣き出しそうな様子だった。

あのあとすぐに土御門殿《つちみかどでん》をあとにしたので、彼女がその後どうなったのかは直接知ることはない。

「一度くらいは、様子を窺《うかが》ったほうがいいのかなぁ…」

ちらりと視線を落とす。

「もっくんが」

「んぁ？」

いささかどすの効《き》いた声が返る。昌浩は苦笑《くしょう》した。

背後に隠形している六合の神気を感じる。肩越《かたご》しに顧《かえり》みれば、かすかな陰影《いんえい》くらいは認めることができるかもしれない。

失われてしまった昌浩の『目』を補う道反《ちがえし》の丸玉は、確かな効力をもたらしてくれていた。車之輔の姿も鮮明《せんめい》に映ったし、高淤の神の姿も鮮《あざ》やかに見えた。

失《な》くして初めて、どれほど必要なものであったのかを痛感した。

書物を片手で抱えて、空けた手で胸の辺りをそっと押さえる。匂《にお》い袋《ぶくろ》とともに、この丸玉は大切なお守りだ。

自分を守ってくれるものは本当にたくさんあって、だからここにこうしていられるのだ。

だから、できる限り返したい。

「……本当に、さ…」

きり、と胸が痛くなった。しわの深い自信に満ちた横顔が、脳裏《のうり》を掠《かす》めた。

返すまで、元気でいてよ……。


書物を塗籠《ぬりごめ》の定位置に戻して部署に戻った昌浩を、文台についていた敏次が立ち上がりながら呼び止めた。

「昌浩殿《どの》」

「はい？」

振り返る昌浩の肩で、物の怪が牙《きば》を剝《む》いて全身の毛を逆立てている。

隠形している六合が呆《あき》れ混じりの視線を送って寄越すのをきっぱり黙殺《もくさつ》し、物の怪は万全の戦闘《せんとう》態勢だ。ここまで来るとすでに天敵の域ではないだろうか。

「あ、すぐに書写を……」

「いや、そうではない」

仕事に戻ろうとする昌浩を遮《さえぎ》り、敏次は声をひそめた。

「先ほど、行成様《ゆきなり》が参られた」

「え？」

藤原行成は昌浩の加冠役《かかん》で後見でもある。如月《きさらぎ》の下旬《げじゅん》、出雲に出向が決まってからせわしなさに紛《まぎ》れて、そのことを文《ふみ》で報《しら》せただけだった。戻《もど》ってからも妙《みょう》にばたついていて、まだ伺《うかが》うことができないでいる。

「行成様が？　……ああ、と、もしかして俺が顔を出さないことに立腹されて…」

「私」

何を言われたか理解するのに、少しばかり時間がかかった。

敏次は繰《く》り返す。

「私」

「…ああ！　はい、ええと、私が礼儀《れいぎ》を欠いていることに気を悪くされ……」

言いさして、昌浩は敏次の顔色を窺った。どうやらそうではないらしい。

「…たのではない、ようですね。じゃあ、いったい……」

そろそろ退出の時刻なので、職員たちがばたばたと帰り支度《じたく》をはじめている。昌浩はまだ雑務があるので残業確定だ。下《した》っ端《ぱ》はいつも見送る側なのである。

「退出したら、邸《やしき》に顔を出してほしいと仰《おお》せられていた。何か急用だそうだ、あとは私が引き受けておくから、行きたまえ」

「え、でも……」

しっかりしようと決意したばかりなのに、早々にそれを破るのは寝覚《ねざ》めが悪い。

しかし敏次は昌浩に最後まで言わせなかった。

「いいから。これは命令だ、博士の許可も下りている」

そこまで言われてしまうと、引き下がるしかない。

では、とあとを頼《たの》んで、昌浩は急いで陰陽寮《おんみょうりょう》を出た。

4

右大弁《うだいべん》藤原行成は今年二十九歳で、昌浩の兄の成親よりひとつ年上になる。だが身分は成親とは比べものにならないほどに高く、主上の信任篤《あつ》い有能な傑物《けつぶつ》だ。しかし、それを鼻にかけるようなところがない。

「行成かぁ。随分《ずいぶん》久しぶりだなぁ」

ぽてぽてと歩く物の怪の言葉に昌浩は頷いた。

「だね。正月に年始に伺ったけど、そのあとは大内裏《だいだいり》でときどきお見かけするくらいだったし。内裏再建の任でお忙《いそが》しそうだったから」

「まぁ、それを怒《おこ》って呼び出した、なんてことじゃなかろうが、随分唐突《とうとつ》だよな」

首をひねる物の怪をひょいとすくい上げて、昌浩は唸《うな》った。

「心配してくれてたのかもよ？　ほら、行成様だからさ」

「ああ、まぁ行成だしなぁ」

夏の盛りなので日は長い。左京《さきょう》の町尻小路《まちじりこうじ》を南下しながら、昌浩はあれこれ思いめぐらせた。果たして行成の用事とはなんだろう。

「やぁ昌浩殿、よく来てくれた」

邸の寝殿《しんでん》で昌浩を出迎《でむか》えた行成は、屈託《くったく》なく笑って座るように促《うなが》した。

南廂《ひさし》に据《す》えられた円座に腰《こし》を下ろすと、蔀《しとみ》も御簾《みす》もあがった南側から涼風《りょうふう》が吹《ふ》き込んでくる。

梅雨《つゆ》の合間の晴れ空だ。

「ご無沙汰《ぶさた》しております。ご挨拶《あいさつ》もままならず、失礼いたしました」

丁寧《ていねい》に頭を下げる昌浩を好ましげに眺《なが》めていた行成は、顔を上げるように言って女房《にょうぼう》たちに目配せをした。察した彼女たちが奥へと下がっていく。完全に人払《ひとばら》いをして、行成は本題を切り出した。

「実は、先頃《さきごろ》左大臣様より使いが参られてね」

昌浩の心臓が跳《は》ね上がった。もしや、未来の妻だのという話か。もう左大臣の耳にまで届いているのか。

みるみるうちに強張《こわば》っていく昌浩の顔を、行成は不思議そうに見つめる。

「どう…したんだい？」

「いえ…、お、大臣《おとど》様は、なんと…⁉」

全力疾走《しっそう》をしている心臓を懸命《けんめい》になだめながら尋《たず》ねると、行成はひとつ頷《うなず》いた。

「土御門殿にあらせられる中宮様《ちゅうぐう》が、きみに会いたいと仰せられているそうだよ」

昌浩の心臓が、先ほどとは別の理由で跳ねた。

「え……？」

「未《いま》だ病が癒《い》える気配見えず、臥《ふ》せっておられる。気も沈《しず》みがちで、それがますます容態を悪化させているようだ」

行成は沈鬱《ちんうつ》な表情をした。

「やはり後宮は気詰《きづ》まりが多いのだろうと推察される。気がふさいで、入内《じゅだい》前のことが懐《なつ》かしく思い出されたらしい」

ほら、何せきみは恐《おそ》ろしい異形のものから中宮を救ったことがあるし、陰陽師だから、頼《たよ》りにされているのだろう。

昌浩は、何気ない表情を作りながら、膝頭《ひざがしら》を握《にぎ》り締《し》めていた。

彼女は何を思ってそう言っているのだろう。人には言えない何かが彼女の胸にわだかまっているのだろうか。だが、あのとき自分は名乗らなかった。名乗る必要もないと思っていた。

それとも、あの恐ろしい力を持った怪僧《かいそう》が、また中宮に魔《ま》の手をのばしているのだろうか。

しかし、自分を名指しで会いたがっているというのが、わからない。

「幸いにして…というのもおかしいが、土御門殿ならば対面も可能だろうと大臣様が采配《さいはい》されている。忙しいと承知しているが、赴《おもむ》いてくれるだろうか」

昌浩は慌《あわ》てて答えた。

「そんな、当たり前です！　ほかならぬ左大臣様と、行成様の仰せに従わなかったら、じい様や父上の雷《かみなり》が落ちますよ」

その真摯《しんし》な物言いに、行成は軽く笑った。

「良かった。では、明日」

話はそれで終わりだった。

なるほど、確かに内裏ではできない話だ。呼び出されたのも道理だった。

家路についた昌浩は、足を進めながら大きく息を吐《は》き出した。

「うーん、中宮はどうして俺に会いたいのかなぁ」

「そりゃあ……」

呆れた風情《ふぜい》で嘆息《たんそく》し、物の怪は背後を顧《かえり》みた。

「おい、どう思うよ、この鈍《にぶ》さ。このままで行くのははなはだまずい気がしてきたぞ」

返答はなかった。言葉では。無言でありながら、気配はあからさまに同意を示している。

「だよなぁ。おい昌浩、お前な、その真っ正直な鈍感《どんかん》さはときとして罪悪だと自覚しろ」

「はぁ？」

胡乱《うろん》げに聞き返した瞬間《しゅんかん》、うなじに冷たい手のひらが触《ふ》れたような気がした。

ぞわっと全身が総毛立つ。はっと周囲を見渡《みわた》せば、まだ日も暮れきっていないというのに人影《ひとかげ》がまったくない。

昌浩の肩《かた》から飛び降りて、物の怪はちっと舌打ちした。

「ここのところ失態つづきだな…」

顕現《けんげん》した六合の夜色の霊布《れいふ》が翻《ひるがえ》る。滅多《めった》に感情の出ない黄褐色《おうかっしょく》の瞳《ひとみ》が剣呑《けんのん》さを帯びていた。

「こう続け様に策謀《さくぼう》にかかっていては、我らが控《ひか》えている意味がなくなる」

「まったくだ」

忌々《いまいま》しげに頷いて、物の怪は視線を走らせた。

無人の町尻小路。赤く染まりだした空には雲が広がりはじめ、遠くから雨の匂《にお》いが漂《ただよ》ってくる。早ければ夜半前にも降りはじめるだろう。

全霊を鋭敏《えいびん》な針のように研《と》ぎ澄《す》まし、敵の気配を探りながら物の怪は低く唸った。

「……どこだ」

この法力、忘れるはずがない。数日前、十二神将たちを押さえ込み、昌浩の血を半ば覚醒《かくせい》させたあの怪僧のものだ。

物の怪の白い体を、うっすらと紅《あか》い闘気《とうき》が包む。その横で長身の六合が、左腕《ひだりうで》につけていた腕輪をはずし、銀槍《ぎんそう》に転じて構えている。

早鐘《はやがね》を打ち始めた鼓動《こどう》の音を聴《き》きながら、昌浩は何度も深呼吸した。

体の最奥《さいおう》で、震《ふる》えるものがある。

それは炎《ほのお》だ。覚醒してしまった血の力はもはや消えることがない。

異形の力が暴走しないように授《さず》けられた守り石が、直衣《のうし》の下で冷たく脈動した。道反の神域と同じ清冽《せいれつ》な力が、昌浩の胸の奥に広がって炎を覆《おお》い、鎮《しず》めているのがわかった。

衣《ころも》の上から石と、匂い袋《ぶくろ》を押さえて、昌浩は神経を集中させた。

「……いた！」

鋭《するど》く叫《さけ》んで、昌浩は右手で刀印《とういん》を作った。

「オンアビラウンキャン、シャラクタン！」

振り払《はら》った刀印から、霊気の刃《やいば》が放たれる。

小路沿いに連なる邸《やしき》の屋根上に、墨染《すみぞめ》の衣が翻った。

昌浩の放った術を無造作にかわし、怪僧は網代笠《あじろがさ》をあげてその顔をさらした。精悍《せいかん》な風貌《ふうぼう》に、澱《よど》んだ翳《かげ》が差している。先日よりも色濃《いろこ》くなった凄惨《せいさん》さを感じて、昌浩はえもいわれぬ戦慄《せんりつ》を覚えた。

道反の丸玉が補ってくれるようになってから、以前より『視《み》』る力が増したような気がする。

それとも、無理のない程度に抑制《よくせい》された天狐の通力か。

以前対決したときには見えなかったものが、怪僧の背後に漂っているのがわかった。

「……なんだ、あれ…」

「どうした？」

昌浩の呟《つぶや》きに、物の怪が視線を向けてくる。六合も同様だ。

僧から目を離《はな》さないようにして、昌浩は訝《いぶか》るように目を細めた。

「黒い…陽炎《かげろう》みたいなのが、視える…」

墨染の衣をまとい、夕暮れを背にした網代笠の僧。たくましい体軀《たいく》に三十路《みそじ》をとうに過ぎていると見受けられる相貌。その全身を取り巻くように、空気が淡《あわ》く歪《ゆが》んでいるのだ。

昌浩の言葉を受けて、物の怪と六合は注意深く僧を観察した。が、昌浩のいうような陽炎は、彼らの目には映らない。

しかし、十二神将たちは知っている。ときとして、自分たちより人間のほうが、はるかに勝《まさ》った力を持つことを。昌浩は陰陽師だ。天狐の血を受け継《つ》ぎ、さらには道反の加護を受け、その能力は以前より増していると考えていい。

昌浩を睥睨《へいげい》していた怪僧が、にぃと嗤笑《ししょう》した。見ている側の神経を逆撫《さかな》でするような視線が注がれる。

かっとなった物の怪が、焦《じ》れたように怒号《どごう》した。

「貴様は何者だ！　いい加減、名くらい名乗れよ、外道《げどう》…！」

牙《きば》を剝《む》く物の怪の苛烈《かれつ》な眼光が怪僧を射貫《いぬ》く。男は涼《すず》しげにそれを受け流すと、おもむろに口を開いた。

「では、教えてやろう。我が名は丞按」

じょうあん、と昌浩が口の中で繰《く》り返す。名は呪《しゅ》であり言霊《ことだま》だ。敵にそれをむざむざ教えるとは、何を考えてるのか。

訊問《じんもん》した当の物の怪も当惑《とうわく》していた。まさかあっさり返してくるとは。

「………騰蛇」

六合の低い呼びかけに物の怪は耳をそよがせて応《こた》える。怪僧の周囲に靄《もや》が立ち昇《のぼ》り、男の手にする錫杖《しやくじよう》にまとわりつくようにして無数の影がのびあがった。

怪僧丞按の顔に浮《う》かんでいた蔑《さげす》みの色が強くなった。

「この名を忘れるなよ。企《くわだ》てを邪魔《じやま》する化け物の子と、愚《おろ》かな十二神将を屠る者《ほふ》の名よ」

傲然《ごうぜん》と放たれた言葉が、物の怪の逆鱗《げきりん》に触れた。白い体が緋色《ひいろ》の闘気に包まれる。

昌浩の頰《ほお》を灼熱《しやくねつ》の風が叩《たた》いた。瞬《まばた》きひとつで本性《ほんしよう》に戻《もど》った十二神将火将騰蛇が、怒《いか》りに燃える金色の瞳で丞按を睨《にら》んでいた。

尖《とが》った犬歯の覗《のぞ》く口元に、怒気をはらんだ笑《え》みが宿る。

「……その言葉、後悔《こうかい》させてくれる」

紅蓮の腕に絡《から》んだ薄絹《うすぎぬ》が熱気に煽《あお》られてたなびく。六合のまとう霊布が灼熱の風をはらんで翻った。黄褐色の双眸《そうぼう》が僅《わず》かに動き、ひそめられた眉《まゆ》が懸念《けねん》を示す。

「騰蛇」

「なんだ」

「昌浩に言われたことを、よもや忘れたわけではあるまいな」

六合と紅蓮の視線が一瞬交差した。

忘れてはいない。あのとき受けた痛烈《つうれつ》な怒りと、悲しいほど深い優《やさ》しさを、どうして忘れられようか。

十二神将は人間を傷つけてはならない。殺してはならない。その理《ことわり》を己《おの》れのために犯《おか》してくれるなと、優しく強い人間の子どもが言うのだ。

昌浩は無言でふたりの神将を見つめていた。自分よりよほど高い背中は広く、なのにときとして驚《おどろ》くほどの脆《もろ》さを宿す。彼らが自分のために心を砕《くだ》いてくれるように、自分も彼らのために心を砕くと誓《ちか》った。

神将たちの前に出て、昌浩は丞按と対峙《たいじ》した。

「貴様の、狙《ねら》いは……!?」

脆弱《ぜいじゃく》で非力にしか見えない化け物の血を引く子どもが、恐《おそ》ろしい法力を有した自分に挑《いど》んでくる。それが気に入ったのか、丞按は侮蔑《ぶべつ》の笑みを浮かべたまま口を開いた。

「狙い、狙いか。それを聞いたとて、お前に阻《はば》めるわけでもあるまいに」

「どんな企《たくら》みであれ、絶対に阻む」

昌浩が強く断言する。それを受けた丞按は、こらえきれなくなったように哄笑《こうしょう》した。

「――我が狙いはあの娘《むすめ》。企みは、あの一族の終焉《しゅうえん》よ」

「なに…！」

男の周囲で蠢《うごめ》いている幻妖《げんよう》たちが、応じるように跳《は》ね回る。妖気を撒《ま》き散らしながら動き回る幻妖の群れは、昌浩たちに襲撃《しゅうげき》する号令を待っているようだった。

幻妖たちの低い唸《うな》りが風に乗って紅蓮の耳に届く。

肩につかないざんばらの髪《かみ》が、放たれる神気を受けて大きくうねった。暮色の深まる空の下、額を飾《かざ》る金冠《きんかん》が鈍くきらめく。

「……紅蓮」

諫《いさ》めるような声音《こわね》が紅蓮の耳朶《じだ》に届く。振り返る必要はなかった。昌浩がどんな目で自分の背を見上げているか、彼には容易に想像がつく。

「わかっている」

短く応じた瞬間、丞按が手にした錫杖を掲《かか》げた。

「まずは、十二神将。もっとも邪魔な貴様らを血祭りに」

先端《せんたん》に具《そな》わる小環《しょうかん》がしゃらしゃらと鳴った。それが引き金だったように、無数の幻妖が一斉《いっせい》に躍《おど》りかかってきた。

ここ数日小康状態を保っている安倍晴明は、単衣《ひとえ》の肩《かた》に衣をかけて脇息《きょうそく》にもたれ、昔書き記した記録を紐解《ひもと》いていた。

父は彼が結婚《けっこん》してすぐの頃《ころ》に亡《な》くなってしまったので、兄弟のいない晴明の家族は、妻と子どもたちだけだった。その妻も、結婚して数年で病に斃《たお》れたのだ。

「そもそもわしも晩婚だったからのぅ」

「晩婚といっても、いまの成親くらいの頃だったろう」

口を挟《はさ》んできたのは、ここのところずっと晴明の近くに控えている十二神将風将白虎だった。

彼のほかにも、青龍や天后、時折勾陣が姿を見せる。

晴明の部屋はさほど広いわけでもない。十二神将たちはみな大柄《おおがら》なので、複数が顕現《けんげん》しているとかなり手狭《てぜま》な印象を受ける。

青龍たちより若干《じゃっかん》背の低い白虎は、しかし彼らよりずっと筋肉質でたくましい体軀をしている。精悍な風貌は四十路《よそじ》前後に見えるだろうか。見た目が子どもの玄武や太陰と一緒《いっしょ》にいるとまるで親子だ。

くすんだ灰色の双眸を晴明に向けて、白虎は軽く首を傾《かたむ》けた。

「あまり根を詰《つ》めると体によくないぞ。青龍の目が険しくなる前に、茵《しとね》に横になれ」

「そこで青龍の名を出すところがお前らしいな、白虎」

苦笑する老人に、白虎はすまして返した。

「俺が何を言っても真摯《しんし》に受け止めてくれないのを重々承知しているものでな。一番効果的な言葉を選んでいるだけだ」

名前を出された青龍はといえば、立ったまま壁《かべ》に寄りかかり、いつものように腕組《うでぐ》みをして剣呑《けんのん》な表情をくずさない。透《す》きとおった蒼《あお》い瞳《ひとみ》が僅かに険をはらんで白虎に注がれたが、すぐにあらぬ方に向けられる。

一連を見ていた天后が軽く息をついた。青龍が常に張り詰めたような空気をまとっているのは、晴明の命が風前の灯《ともしび》だからだ。でなければ、こんなぴりぴりと刺《さ》すほどに冷たい神気を無意識に放つことはない。

うつむくと、銀色のくせのない長い髪が胸元《むなもと》に流れ落ちた。それを軽く払《はら》い、天后は深い翠《みどり》の双眸で主《あるじ》を見つめる。

「晴明様、そろそろ横になってください」

「しかしなぁ、寝《ね》てばかりなのはいい加減あきてあきて」

「泣きますよ」

澄《す》みとおる高い声に、硬《かた》いものが混じった。

晴明は沈黙《ちんもく》した。

見れば、端整《たんせい》な天后の口元が一文字に引き結ばれている。しかも翠の瞳が揺《ゆ》れる寸前、前言が嘘《うそ》ではないことを如実《にょじつ》に現しているではないか。

天后は優しく穏《おだ》やかな気性の神将だ。水将であるので、水のように柔軟《じゅうなん》で適応力に優れた感性を持つ。曲がったことを嫌《きら》う潔癖《けっぺき》な性状だ。だからいまでも騰蛇の咎《とが》を許してはいないはずだった。

彼女の風貌《ふうぼう》は優しげだが、その芯《しん》は強靭《きょうじん》だ。誰《だれ》よりも打たれ強いかもしれない。

「……泣かれるのは、ちと困るな」

息をついて、晴明は書物を閉じた。

主が横になったのを見届けて、天后はようやく肩《かた》の力を抜《ぬ》いた。ふいに視線に気づいて振《ふ》り返ると、壁に寄りかかっている青龍が、先ほどより幾分《いくぶん》か険しさの失《う》せた目を彼女に向けてきている。

「お手柄だな、天后。こういうときはお前が一番手際《てぎわ》がいいか」

からりと笑う白虎に肩をすくめて見せ、天后は立ち上がった。

「私は異界に控えています。……白虎、太陰がまだ立ち直っていないのだけど」

水を向けられた白虎は片目をすがめた。

「……あのじゃじゃ馬め、存外打たれ弱い。まったく、世話の焼ける」

重い腰《こし》を上げ、白虎は青龍に向き直った。

「少し護衛の任をはずれる。勾陣に入れ替《か》わり声をかけておくが」

「好きにしろ」

興味のなさそうな返事に気分を害するふうもなく、白虎は晴明を顧《かえり》みた。

「あとで鮎《あゆ》でも獲《と》ってきてやろう。お前、好きだろう」

「楽しみにしとるよ」

天后と白虎が揃って隠形《おんぎょう》した。そのまま気配が掻《か》き消える。人界とはまったく別の異界に戻っていったのだ。

横になっても寝つくことはできず、晴明は瞼《まぶた》を開けたまま天井《てんじょう》の梁《はり》を見上げていた。

「……宵藍《しょうらん》」

小さく呼びかけて、晴明は少し間をおいた。予想通り返答はないが、彼の意識がこちらに向けられた頃合《ころあい》を見計らって言葉をつなげる。

「あの天狐《あまきつね》、凌壽といったか。……気配を覚えているか」

青龍は苦々しげに吐《は》き捨てた。

「無論だ」

次に会ったときは、絶対に一矢報《いっし》いる。

あのとき負わされた肩の傷はまだ癒《い》えていない。動かせば鈍い痺《しび》れが指先まで駆《か》け抜ける。

あまり認めたくはないが、自分の通力はあの天狐には及《およ》ばない。

天空から授《さず》かった武器をもってしても、その差異は縮められないだろう。

自分より更《さら》に甚大《じんだい》な通力を宿す神将はふたり。十二神将最強と謳《うた》われる凶将《きょうしょう》騰蛇と、勾陣だ。あのふたりならばあるいは、凌壽と互角《ごかく》か、勝利できるか。

ふたりが、通力を抑制《よくせい》しない状態で戦えばの話だろうが。

険しい顔で宙を睨《にら》んでいる青龍に、晴明は世間話でもするような口調でさりげなく言った。

「多分、ずっとわしの様子を窺《うかが》っておるよ」

何を言われたのか理解するまでほんの少し時間がかかった。

「……、なに…っ⁉」

色を失《な》くす青龍に、晴明は淡々《たんたん》とつづけた。

「気配を殺しているから、おそらくお前たちは気づいとらんだろうがな……。不思議なものでな、天狐の『血』とやらが、それを教えてくれるようだ」

ふうと息をついて、晴明は瞼を閉じた。

そして、凌壽の存在を魂《たましい》の奥で感じるのと同じように、晶霞と名乗ったあの天狐の存在もまた、『血』が伝えてくる。

思うことがある。父はどうして母のことを何も言わずに逝《い》ったのか。

どんな人だったのか。どうして異形のものを、徒人《ただびと》であったはずの父は娶《めと》ったのか。

母が消失してしまったとき、晴明はまだ童子と呼ばれる子どもだった。彼が「晴明」の名を名乗るようになったのは、長じて元服することになった頃だ。名前自体は生まれたばかりの頃につけられていたということだったが、彼は己《おの》れの名をずっと知らずに育ったのである。

母のことも、自分の名のことも、不思議なことだらけだ。それが当然だと思っていた自分は、相当世間の常識からはずれていたに違《ちが》いない。

そんなところをあげつらうことも笑うこともせずに、受け入れてくれたのが若菜《わかな》だった。

いまも川のほとりで晴明が追いつくのを待っているのだろうか。暗くて怖《こわ》くてどうしようもないだろうに、何十年も我慢《がまん》して、ひたすら待ちつづけているのだろう。

「……そんなに待たせては、愛想《あいそ》を尽《つ》かされるかもしれんな…」

本当は、もっと待たせなければいけなかったのだが、早まった。あれは遅《おそ》いと怒《おこ》るだろうか。それとも早いと、──悲しむだろうか。

どちらにしても、泣かせるだろうなと、それだけは確信があった。

「晴明よ、天狐はどこにいる」

怒気《どき》をはらんだ問いかけに、晴明は目を開けて視線を滑《すべ》らせる。剣呑さの色濃《いろこ》くなった青龍の目が、感情のままに燃え上がりきらめいている。

「先走るでないぞ、宵藍よ。お前が本気で挑《いど》めば、あるいは手足の一本は取れるやもしれぬ。

なる。

だが、その肩傷では逆に取られてしまうかもしれん。……こんな老いぼれのために、大事な命を無駄《むだ》にするでない」

青龍の双眸《そうぼう》が苛烈《かれつ》にひらめいた。彼が放つ気配が、まるで氷刃《ひょうじん》のごとくに冴《さ》え冴えと冷たくなる。

「……老いぼれの自覚があるならば、ひとの神経を逆撫《さかな》でする物言いも控えることだ」

「それはできんよ。これくらいしか楽しみがない」

にやりと笑う老人に、青龍は射るような眼光を据《す》えた。殺気に近い視線を、仮にも主に向けるのは、十二人いる神将たちの中でも青龍くらいのものだろう。

その、己れに正直で嘘偽《いつわ》りのない性情が、好ましくて仕方がないのだ、昔から。だからどんなに厳しいことを言われても、彼を疎《うと》ましく感じたことは一度もない。

十二神将たちはみなそれぞれにとても個性的で、晴明は彼らのことが大好きだった。かけがえのない朋友《とも》たちだ。いまも昔も変わらずに。

青龍の眼光がますます烈《はげ》しさを帯びた。恐《おそ》れをなしたのか、風までぴたりと凪《な》いでいる。

緊迫《きんぱく》した沈黙を打ち破ったのは、少し低めの涼《すず》やかな声だった。

《――仮にも闘将《とうしょう》青龍が、人間相手に本気で激昂《げっこう》するのはいただけないな》

呆《あき》れ混じりの笑《え》みを口元ににじませて、十二神将勾陣がふたりの狭間《はざま》に顕現《けんげん》する。青龍より頭ひとつ低い勾陣は、腕を組んだまま同胞《どうほう》を斜《はす》に見上げた。

「白虎が案じているから来てみればこれだ。青龍よ、無駄にすごんでばかりいると、眉間《みけん》にしわが刻まれて消えなくなるぞ」

勾陣の言いぐさに声を立てて笑ったのは晴明で、当の青龍は怒気のこもった目で彼女を一瞥《いちべつ》し、ふいと顔をそむけて隠形してしまった。

「……まったく、相変わらず融通《ゆうずう》の利《き》かない奴《やつ》だ」

息をつきながら呟《つぶや》いて、勾陣は茵《しとね》の傍《かたわ》らに膝《ひざ》をついた。

「天后に脅《おど》されたそうじゃないか」

「聞いたのか」

「白虎にな」

頷《うなず》く勾陣に、晴明は苦笑《くしょう》を見せる。

「ああいうときの天后は頑《かたく》なだからなぁ。青龍といい勝負だよ」

「違いない。だが、天后がそういうときは、常に正論だということも忘れるなよ、晴明」

笑みを含《ふく》んだ声音《こわね》が、すっと真剣《しんけん》なものに変わる。誰もが主の身を案じているのだと、言外に告げていた。

「わかっているよ。……だがな、お前たちがどれほど思っていてくれても、この心は曲げられん。それだけは、許してほしい」

「……許さないといっても、だめなのだろうな」

「お前たちだから、許してほしいと、納得《なっとく》してほしいと思う。……無理な願いで、本当にすまんな…」

様々な感情の入り混じった瞳《ひとみ》が、勾陣からはずされて天井を見上げる。

その顔を見て、勾陣は悟《さと》った。晴明は、もうとっくに覚悟《かくご》を決めているのだと。たとえ誰《だれ》が懇願《こんがん》しても、その心が曲げられることはないのだと。

「……この先お前が心を砕《くだ》くのは、昌浩のためだけか」

確かめるような勾陣の問いに、晴明は仄《ほの》かに笑って、黙《だま》ったまま小さく頷いた。

5

心臓よりも、ずっと奥深い場所が脈動しはじめる。

昌浩は、躍《おど》りかかってくる幻妖《げんよう》の群れを一瞥した。奇妙《きみょう》な妖気を放つ玄《くろ》い幻妖は、昌浩たちの周囲を跳《は》ね回りながら徐々《じょじょ》に間合いを詰《つ》めてくる。

相手が人間でなければ紅蓮と六合は存分に戦える。それに、幻妖は数が多く動きは速いが、力そのものはさほど強いわけではない。

「邪魔《じゃま》だ！」

怒号もろとも、紅蓮が腕を横殴《よこなぐ》りに払《はら》った。生じた灼熱《しゃくねつ》の闘気《とうき》が大きくうねる炎蛇《えんじゃ》に転じ、あぎとを開いて幻妖に突進《とっしん》していく。

幾《いく》つもに分かれた炎蛇が四方に散って幻妖と相対する。隙《すき》をついて接近してきた幻妖を、六合の銀槍《ぎんそう》が無造作に両断した。

二つに分かれた幻妖は、そのまま再生して数を増す。きりがなかった。

紅蓮と六合が幻妖を一手に引き受けている間、昌浩は丞按と睨み合っていた。

胸の奥で不穏《ふおん》な炎《ほのお》が揺《ゆ》らめくのがわかる。脈動が生じた。それを包むように、道反《ちがえし》の丸玉が神力を放っている。

頭のどこかで警鐘《けいしょう》が鳴っている。天狐の血は、強い。神に授けられた守り石でもってしても、完全に封《ふう》じることはかなわない。

たがはずれて異形の血が解き放たれれば、自分は死に追い込まれる。

昌浩は注意深く呼吸を計った。死ぬのは避《さ》けたい。怖いからではない、悲しませたくないからだ。

丞按が跳躍《ちょうやく》し、小路に降り立った。陽《ひ》は完全に傾《かたむ》き、黄昏《たそがれ》の気配が周囲を覆《おお》い尽くしている。

男の手にある錫杖《しゃくじょう》が、地表を叩《たた》いた。小環《しょうかん》が鳴り響《ひび》く。反響《はんきょう》が捻《ね》じれて轟《とどろ》き、桁違《けたちが》いに強い法力が昌浩めがけて放たれた。

「禁っ！」

地に横一文字を描《えが》いて法力を跳ね返し、昌浩は幻妖の攻撃《こうげき》をかいくぐって地を蹴《け》った。

十二神将たちは丞按と対峙《たいじ》できない。できるのは自分だけだ。しかしこの手に得物はない。あるのは、術と霊力《れいりょく》のみ。

「ザレイ、マカザレイ、ウキモキアレイ、アラバテイ、チリタハテイ……！」

真言そのものに力があるわけではない。真言はいわば、形のない霊力を補助し、確実な効力をもたらすための道具だ。

――大切なのは、言葉ではない。そこに込められる意志の力だ

幼い頃《ころ》から、繰《く》り返し繰り返し教えられたのは、それだ。負けない心。諦《あきら》めない心。くじけ

ない心。

強い心を持ちなさいと、幾度となくあの優《やさ》しい声は。

彼らの内に在る『血』が、確実に彼らの命を削《けず》るという。だが、助けたい。せめてあと五年でいい。まだ早すぎる。

祖父の姿が胸をよぎった。くっと唇《くちびる》を噛《か》む昌浩に、怪僧《かいそう》丞按は挑発《ちょうはつ》するように言い放った。

「安倍の子ども。……いいや、化け物の子よ、俺を殺してみるか」

「俺は化け物じゃない！」

怒鳴《どな》り返して、昌浩は刀印《とういん》を叩き落とした。

裂帛《れっぱく》の気合が刃《やいば》に転じる。

「オンボクケン！」

丞按の錫杖が払われ、風の刃を木《こ》っ端微塵《ぱみじん》に打ち砕いた。

「いいや、貴様は化け物よ。この俺と同じだ」

男が凄惨《せいさん》に嗤《わら》う。それを見た昌浩の背筋を、言葉にできないおぞましさが駆《か》け登った。

反射的に飛び退《すさ》った昌浩の鼻先を、錫杖の先端《せんたん》が掠《かす》める。遅《おく》れて、耳の近くで風の唸《うな》る音がした。無数の妖気が三方から飛びかかってくる。

無意識にそれらを避《よ》けると、その動きを読んでいた丞按の錫杖が打ち下ろされる。昌浩は息を呑《の》んだ。速い。

刹那《せつな》、視界のすみに銀色の輝《かがや》きがひらめいた。

　昌浩の頭蓋《ずがい》を打ち砕こうとしていた錫杖が、澄《す》んだ音とともに跳ね返される。衝撃《しょうげき》で数歩後《あと》退《ずさ》った丞按と昌浩の間に、銀槍を構えた六合が滑《すべ》り込んだ。

「六合！」

「こちらから攻撃はしない」

　ぎりぎりの言い逃《のが》れのように聞こえるが、実際に助けられたことは事実だ。昌浩は唇を噛んで印を結んだ。

　ああ本当に、自分は助けてもらわなければ何もできない。

　六合は抑揚《よくよう》の乏《とぼ》しい口調でさらにつづけた。

「得物を持つ相手に素手《すで》で立ち向かうのは、無謀《むぼう》の極《きわ》みだ」

「仕方ないだろう！」

　反射的に怒鳴り返した昌浩の耳に、紅蓮の叫《さけ》びが轟いた。

「失《う》せろ！」

　燃え上がる灼熱の闘気。放たれた炎蛇が幻妖たちを搦《から》めとって燃やし尽《つ》くす。激しさを増した炎に包まれて、幻妖たちは瞬《また》く間に崩《くず》れ落ちていった。

　紅蓮の凄絶《せいぜつ》な眼光が丞按を射る。徒人《ただびと》であれば恐《おそ》れを為《な》すであろうその視線を悠然《ゆうぜん》と受け流し、丞按は錫杖をふるった。

　杖《つえ》の先端が地に打ちつけられた。揺れる小環がしゃんしゃんと澄んだ音を響かせる。その音が徐々ににごっていくことに、昌浩は気がついた。

男の全身から陽炎《かげろう》のようなものが立ち昇《のぼ》る。理由のわからないおぞましさが昌浩の心臓を摑《つか》みあげ、どくんと跳ね上がった。

唐突《とうとつ》に、先ほど丞按が発した言葉が甦《よみがえ》った。

——貴様は化け物よ

そのあとに、男はなんと言った。自分と同じだと、言わなかったか。

丞按がにぃと嗤う。打ちつけられた錫杖の根元から、またもや玄い靄《もや》が生じ、男の放つ陽炎と交じり合って異形のものを形作る。

生み出された玄い幻妖が次々に躍りかかってくるのを、紅蓮と六合が息つく間もなく払いのける。

「おおもとを叩かねばきりがない」

吐《は》き捨てる紅蓮に、六合が短く応じた。

「あの錫杖を潰《つぶ》すか」

紅蓮が右手を掲《かか》げ、炎の槍《やり》を召喚《しょうかん》した。同時に放った真紅《しんく》の炎蛇が幻妖たちを薙《な》ぎ払い、昌浩を守るための障壁《しょうへき》となる。

囲みの中に昌浩を残し、紅蓮と六合は間合いを計った。彼らのまとう空気が闘気《とうき》を帯びる。

障壁に阻《はば》まれて動けない昌浩は焦《じ》れた。

「紅蓮、六合！　よせ！」

隙なく身構えている闘将ふたりの動きが止まる。沈黙《ちんもく》を通す六合の視線が一度昌浩に向けら

れたがすぐにはずされ、代わりのように紅蓮が口を開いた。

「お前は詭弁《きべん》だと言うかもしれないがな」

血相を変える昌浩を遮《さえぎ》って、紅蓮は言い切った。

「自らの命よりも理《ことわり》よりも、主《あるじ》を守る誓約《せいやく》を俺たちは重んじる」

昌浩の言葉を真っ向から否定することになっても、彼らには果たさなければならない誓《ちか》いがあるのだ。

「それがどうしても許せないなら」

昌浩ははっと息を詰めた。障壁越《ご》しに見える紅蓮と六合の横顔に、一切の迷いはない。

「――――許さなくて、いい」

心は、曲げられないのだから。

「…………っ……！」

言葉を失う昌浩を背後に守るようにして、ふたりの闘将はそれぞれの武器を構え、丞按と対峙した。無数の幻妖は紅蓮の放った炎の障壁に阻まれて、それ以上接近してくることができない。苛立《いらだ》ちもあらわに耳障《みみざわ》りな鳴号を発し、幻妖たちはたけり狂《くる》った。

一方、神将たちの敵意を受けた丞按は、応《こた》えた様子もなく超然《ちょうぜん》と構えていた。彼の全身から立ち昇る陽炎が色濃《いろこ》くなっていく。その様は、昌浩だけに見えていた。

鼓動《こどう》が跳ねる。わけのわからない焦燥《しょうそう》が胸を締《し》めつけるのを感じて、昌浩は拳《こぶし》を握《にぎ》りこんだ。

「……十二神将、従えれば手駒《てごま》にちょうどいいと思っていたが……」

言いさして、男は嘲《あざけ》るように片目をすがめた。

「だが、それは誤った考えだったな。これほどに愚《おろ》かしいとは。そんな化け物のために、神族の誇《ほこ》りも何もかもかなぐり捨てて、無様なものよ」

紅蓮の金色の瞳《ひとみ》がうっすらと紅《あか》みを帯びた。並び立つ六合もまた、剣呑《けんのん》なものを目許《めもと》ににじませる。

空気が緊迫《きんぱく》して張り詰《つ》める。結界は依然《いぜん》揺《ゆ》らがず、昌浩たちと丞按を取り込んだままだ。

昌浩はふと違和感《いわかん》を覚えた。彼らを取り込んだ結界。紅蓮も六合もまったく気づかなかったのは、どうしてだろう。本人たちは失態つづきだと自責めいた言葉を口にしていたが、彼らが気を散じていたから気づけなかったというわけでは決してないはずだ。

「――――手こずっているじゃないか、丞按」

ごく近い背後から冷笑《れいしょう》に染まった声がしたのは、そのときだった。

昌浩は息を呑んで、弾《はじ》かれたように振《ふ》り返った。気配が、まったくしなかった。

紅蓮と六合も同様だ。愕然《がくぜん》とするふたりの神将とひとりの子どもの後ろで、腕《うで》を組んでいる男が冷めた笑《え》みをたたえていた。

男が無造作に腕を払《はら》うと、炎《ほのお》の障壁が拡散する。十二神将騰蛇の通力を、易々《やすやす》と無力化したのだ。

「いつの…間に……」

茫然《ぼうぜん》と呟《つぶや》く昌浩の腕を、六合が摑んで引き寄せる。よろめく昌浩を紅蓮が受け止め、そのまま彼はふたりの狭間《はざま》に押し込まれる形となった。

昌浩は丞按と男を交互《こうご》に見やった。

丞按の名を知っている。ということは、このふたりは知己《ちき》なのか。では、この男は誰《だれ》だ。

体の奥で警鐘《けいしょう》が響《ひび》く。危険だ。この男は——この化け物は。

体の最奥《さいおう》で炎が揺れる。昌浩の心臓が跳《は》ね上がった。

色を失う子どもの顔を見据《みす》えて、男は優しい声音《こわね》を発した。

「ああ、やはり子どもだなぁ。あの傲狼《ごうろう》を倒《たお》したといっても、やはり人間の血が強すぎる。血が薄《うす》くて、晶霞をおびき寄せることはできない」

「しょうか…」

それは、祖父の窮地《きゅうち》を救った天狐《てんこ》の名だ。

忌々《いまいま》しげに顔を歪《ゆが》めて、丞按が唸った。

「凌壽よ、邪魔《じゃま》立てをするか」

「邪魔立て？　いやいや、そんなつもりは毛頭ないさ。俺はただ……」

ついと昌浩を一瞥《いちべつ》して、凌壽は目を細める。

「あの老人を動かすには、何が一番いいのかなぁと考えている最中なのさ。この子どもだったらどうかと思ったんだが、お前の獲物《えもの》だというなら手は出さないでいてやるよ」

なんのために姿を現したのか。凌壽はそれだけ言うと、すいと足を引いて音もなく後退った。

彼がそれまで立っていた場所に、半瞬《はんしゅん》遅れて炎の切っ先が突《つ》き刺さる。そのまま炎の槍《やり》は形を失って燃え上がり、掻《か》き消えた。

炎の障壁を散じさせた凌壽の力は、味方であるはずの玄《くろ》の幻妖《げんよう》たちさえも退けている。砕《くだ》かれた幻妖の体は再生することなく、苦しみもがいて耳障りな悲鳴が響いていた。

その狭間を縫《ぬ》うようにして、小環《しょうかん》の音が反響《はんきょう》し始める。

舌打ちした紅蓮は、凌壽の相手を六合に押しつけると丞按を振り返った。

墨染《すみぞめ》の衣《ころも》の怪僧《かいそう》は、先ほどと変わらぬ場所に立ったまま動かない。十二神将最強と謳《うた》われる騰蛇の眼光を造作もなく受け、錫杖《しゃくじょう》を傾《かたむ》けながら丞按は笑った。

「十二神将よ。そんな化け物を後生大事に守ってどうする。どうせ死ぬさだめ、無駄《むだ》な足掻《あが》きはやめておけ」

紅蓮の表情が冷たい怒《いか》りに染まった。紅みを帯びていただけだった金の瞳が、真紅に変わる。全身から湧《わ》きあがる灼熱《しゃくねつ》の闘気が、真紅から純白に変貌《へんぼう》した。

一方、凌壽と相対していた六合は、全霊《ぜんれい》を研《と》ぎ澄《す》ましていた。話だけは聞いている。晴明の命を脅《おびや》かし、青龍に深手を負わせた天狐だ。油断はできない。

剣呑な様子の六合を面白《おもしろ》そうに眺《なが》めていた凌壽は、ふいに膝《ひざ》を折った。

六合がはっと息を呑んだ刹那《せつな》、天狐は彼の間合いに滑り込んでいる。瞬《まばた》きひとつよりも短い時間だ。仮にも闘将たる自分が、不覚を取るとは。

「……！」

「面白いものをつけてるなぁ」

六合の首に下がっていた紅い勾玉《まがたま》に手をのばし、凌壽はしげしげとそれを見つめた。まるでおもちゃを見つけた子どものように、無邪気《むじゃき》さすら感じる声音だ。

凌壽の手の中で、勾玉の色が微弱《びじゃく》に変化する。

ざわりと風が動いた。六合の背後で一連の事態を見ているしかできない昌浩の心臓が、大きく跳ね上がる。凌壽が近づいてきたことに、血が反応しているのだ。

「り…っ」

昌浩が口を開きかけた瞬間、なんの前触《まえぶ》れもなく六合の神気が爆発《ばくはつ》した。

鳶色《とびいろ》の長い髪《かみ》と夜色の霊布が大きく煽《あお》られて翻《ひるがえ》る。抑制《よくせい》なしの通力を叩《たた》きつけられ、さらに銀槍《ぎんそう》の鋭《するど》い一閃《いっせん》を受けて、さしもの凌壽も反撃《はんげき》する間もなく弾き飛ばされた。

「く……っ！」

余波を食らった昌浩は反射的に両腕を交差させ、足を踏《ふ》ん張って衝撃《しょうげき》を懸命《けんめい》にやり過ごす。

一方、二度とんぼを切って膝を地についた凌壽は、しかしけろりとした様子で言った。

「なるほど。神将というくらいだから、力もそれなりか。ということは、この間のあいつもそうなのか。……じゃあ次は、ちゃんと殺してやらないと」

最後の言葉は呟きになり、昌浩の耳には届かない。

だが、昌浩の心臓は跳ね回り、全身をめぐる血が沸騰《ふっとう》しているのではないかと錯覚《さっかく》するほど熱くなっていた。なのに、最奥は凍《こご》えるほど冷たくなっている。最奥にひそんだ炎と、それを抑制しようとする神気がせめぎあっているのだ。

にやりと嗤《わら》う凌壽の放つ気配が昌浩の肌《はだ》に絡《から》みつく。

昌浩は唐突《とうとつ》に気づいた。ごく近くまで接近しなければ気づけない気配。『血』の呼応があればこそ、かろうじて判別できる、強いけれども摑《つか》みどころのない力。

「この…結界、作ったのは貴様か……！」

これほど巧妙《こうみょう》な、十二神将にも気取らせない強靭《きょうじん》な結界を織り成せるのは、異形のものをおいてほかにない。

凌壽はついと目を細めた。

「御《ご》名答。さすがは我が眷族《けんぞく》。でもお前は弱いから、見逃《みのが》しておいてやる」

立ち上がり、凌壽は身を翻した。

「俺は優《やさ》しいから、あまり殺生《せっしょう》したくないんだよ……」

うそぶいて、天狐は忽然《こつぜん》と姿を消した。

同時に、それまで為《な》されていた強靭な結界が音もなく消失する。

紅蓮と対峙《たいじ》していた丞按は忌々しげに歯噛《はが》みした。気紛《きまぐ》れで手を貸し、気紛れですべてを押しつけ、さっさと引く。異形のものは、だから油断がならない。

「凌壽、おのれ……！」

夜の帳《とばり》が落ちきる前だ。僅《わず》かながらも人通りはある。人目など気にはしないが、妙《みょう》な噂《うわさ》として広まるのは得策ではない。

ちっと舌打ちして、丞按は手にしていた錫杖を地に打ちつけた。小環が鳴り響き、歪んだ轟《ごう》音《おん》が昌浩たちを押し潰《つぶ》すほどの力を発した。

「ちぃっ！」

紅蓮の神気が爆発した。灼熱の闘気が丞按の術を粉砕《ふんさい》する。

小環の余韻《よいん》が完全に消える頃には、怪僧の姿はどこにも見出《みいだ》せなくなっていた。


横になってうとうとしていた晴明は、はっと目を開けた。

いつの間にか日が暮れて夜が世界を支配している。慌《あわ》てて周囲を見回すと、気配を消して控《ひか》えていた勾陣がその様子に気づいた。

「晴明、どうした？」

上体を起こしながら、晴明は額にじっとりとにじんだ冷たい汗《あせ》を単衣《ひとえ》の袂《たもと》でぬぐった。

心臓が跳ねた。そして、最奥に眠《ねむ》る「血」がざわめく。

口を開きかけた勾陣は、ふいに瞠目《どうもく》した。弾かれたように立ち上がり、下がっていた御簾《みす》を撥《は》ね上げ、南の空を振り仰《あお》ぐ。

彼女の目には、立ち昇《のぼ》る神気が確かに見えた。

「騰蛇…!?　いったい何が……」

「——どうやら、敵襲《てきしゅう》にあったようだ」

嘆息《たんそく》の混じったかすれ気味の声を聞いて、驚《おどろ》いた勾陣は主《あるじ》を顧《かえり》みた。

「敵襲？」

「おそらくは、天狐凌壽《あまぎつね》」

そして、もしかしたら話に聞いている怪僧も。

彼らの身の内に宿る「血」は、眷族の危機を伝えるという。ならば、晴明の身に届いた衝撃は、昌浩が感じたものに相違《そうい》ない。

昌浩には紅蓮と六合がついている。よほどのことがない限り、あれが絶対の窮地に陥《おちい》ることはないと、晴明は信じていた。

だが、不安はある。凌壽の妖力は晴明の予想をはるかに越《こ》えていた。隙《すき》を衝《つ》かれたとはいえ、あの青龍が深手を負わされたのだ。

上がった呼吸を努めて整えながら、晴明は勾陣を見上げた。夜闇《よやみ》より深い黒髪が、夜風を受けてさらりと揺れている。黒曜の双眸《そうぼう》は澱《よど》みがなく、常に静けさを宿しているのだ。

が、晴明はずっと以前に、この凶将《きょうしょう》にも名を与《あた》えている。名づけて以来一度として呼んだことはないが。闘将《とうしょう》たちはみな、晴明の与えた名という「呪《しゅ》」に縛《しば》られているのだ。

憎《にく》くてそうしているのではない。彼らの身を案じればこそだ。

「勾陣よ……昌浩を、頼《たの》む」

「何を唐突に。昌浩には騰蛇と六合がついているだろう、それを……」

彼女の目が軽く瞠《みは》られた。晴明の告げんとしていた意を理解する。

詰《つ》めた息を吐《は》き出して、勾陣は静かに尋《たず》ねた。

「この先は晴明ではなく、昌浩を守れと？」

「そう取ってくれて構わんよ」

「主を守りその命《めい》に従うのが我ら十二神将。……私の主は、お前だ」

老人は穏《おだ》やかに笑った。

「ああ……。宵藍も、そう言っておった」

「晴明。私の主は、お前だ」

「うん。……そうだった、な…」

勾陣は瞑目《めいもく》した。晴明ならばそう返してくるであろうと、わかっていた。

この男の配下に従って、式神の任を受けて、まだたったの数十年だ。だのに、人間の生は本当に短くて、はかなくて。悠久《ゆうきゅう》の時を生きていく十二神将など、あっさりと置いていってしまうのだ。

「私の主は、お前だ」

もう一度繰《く》り返して、瞼《まぶた》を上げた勾陣は仄《ほの》かに微笑《びしょう》した。晴明はそんな彼女を無言で見つめている。

何があってもその命令を違《たが》えることはない。そう誓約《せいやく》した。だから。

「安倍晴明よ。お前が命じるならば、十二神将勾陣は、それに従おう——」

敵の気配が完全に消えた。

それを確かめて、昌浩はがくりと膝《ひざ》を折った。

「昌浩！」

血相を変えた紅蓮の叫《さけ》びに、昌浩は片手をあげて応《こた》えた。

「……大《だい》…丈夫《じょうぶ》。ちょっと…」

もう一方の手で胸元《むなもと》を押さえ、衣《ころも》の上から丸玉と匂《にお》い袋《ぶくろ》を握《にぎ》りこむ。凌壽の気配が異形の血を活性化させた。どうあっても抑《おさ》えこまなければ。

これだけは誰《だれ》にも助けてもらえない。誰にも頼《たよ》ることはできない。いわば、異形の血を継《つ》いだ自分自身との戦いだ。

漸《ようよ》う落ちついて、昌浩は肺が空になるまで息を吐き出した。

「……心配ない。大丈夫だ」

額の汗をぬぐって立ち上がり、昌浩はふと六合を見やった。彼の胸元に揺《ゆ》れる紅《あか》い勾玉が、小さくきらめく。

戦闘態勢をといた六合は、いつものように感情の見えない表情で、黄褐色《おうかっしょく》の瞳《ひとみ》も水面《みなも》のような静けさを湛《たた》えていた。見る限りでは平常どおりだ。

が、先ほど確かに彼の背が激昂《げっこう》していた。あんな姿は初めて見た。

昌浩が落ちついたのを確認《かくにん》して、紅蓮は物の怪の姿に成り代わる。小さくなったその白い体を抱《だ》き上げて肩《かた》に乗せ、昌浩は声をひそめた。

「あのさ、もっくん……」

「ん？」

目をしばたたかせる物の怪に、昌浩はこそこそと尋ねた。

「さっき六合が、人が違《ちが》ったみたいだったんだけど、……なんでだろ」

物の怪は目を丸くして同胞《どうほう》を顧みた。六合は周囲を見渡《みわた》して危険はないと判断したらしく、無言で隠形《おんぎょう》する。

「……そういえば。……なんでだ？」

「俺が聞いてるんだってば」

「俺にもわからん」

ふたり揃《そろ》って首をひねっていると、隠形している六合がその様子を見て怪訝《けげん》そうにする気配が伝わってきた。

《……あまり遅《おそ》くなると、心配するのではないのか》

誰が、という主語はない。誰が、というよりも、誰もみんなが、というところだからだろう。

指摘《してき》された昌浩は、そのことに思い当たって慌てふためいた。

「うわ、彰子が心配するよ、急がなきゃ」

駆《か》け出した昌浩の横顔を見ながら、振《ふ》り落とされないように肩にしがみついた物の怪が小さく呟《つぶや》いた。

「や…別に六合は、彰子がと限定はしていなかったような…」

心配させてはいけない相手はまず彰子、という図式が、昌浩の頭の中では完璧《かんぺき》にできあがっているのだ。

脇目《わきめ》も振らずに駆けている昌浩の横顔をちらりと見やり、物の怪はやれやれと苦笑した。

安倍邸《てい》にたどりついた頃《ころ》には、完全に夜になっていた。

夏の盛りで日は長い。ここ数日は夕暮れの前に帰宅していたので、今日は随分《ずいぶん》遅くなってしまった。

門をくぐって邸《やしき》に飛び込み、脱《ぬ》いだ沓《くつ》を整えるのももどかしそうにしていた昌浩に、呆《あき》れた風情《ふぜい》の物の怪が言った。

「俺がやっとくから、行け」

長い尻尾《しっぽ》で部屋のほうを示すと、昌浩はぐっと言葉に詰まりながらも黙《だま》って頷《うなず》き、そのまま廊下《ろうか》を駆けて行った。ばたばたという足音が遠のいていく。

「まったく、走ろうが歩こうが、ここまできたら時間なんてそうそう変わらんだろうに……」

ぶちぶちと並べながら、沓についた土ぼこりを前足で器用に払《はら》っていた物の怪は、背後に顕《けん》現《げん》した気配に気づいて肩越《かたご》しに顧みた。

「勾《こう》か。……ひどい顔をしているな、どうかしたのか？」

勾陣にしては珍《めずら》しく、気落ちしたような表情をしている。

沓を並べて置いた物の怪は、怪訝そうに向き直った。大きな夕焼けの瞳が彼女をまっすぐに見上げる。しばらくそうしていた物の怪は、ふと険しいものを瞳ににじませた。

「何か、あったのか」

低くなった声音《こわね》に、勾陣は薄《うす》く笑って首をひとつ振った。

「……いや。お前の神気がここまで届いたので、そちらこそ何かあったのではないかと思ってな」

はぐらかすような言葉に、物の怪の疑念はますます深まった。助走もなしに勾陣の肩に飛び乗り、片目をすがめる。

「俺のほうはあとで話すが…ん？　沓が多い？」

目線が高くなったことで視界の開けた物の怪は、土間に並ぶ見慣れない沓を発見した。吉昌や晴明のものではない。

極近《ごくちか》い場所でひょんと動く長い耳を興味深そうに眺《なが》めて、勾陣は頷いた。

「ああ。先刻客が参った。いまは昌浩の部屋にいる」

「ただいま！」

勢いよく自室に駆け込んだ昌浩は、急停止して口をぱかっと開けたまま固まった。

ほどよく散らかった部屋は壁際《かべぎわ》に書物の塔《とう》が積みあがっていて、朝出かけたときに出したままにしておいた昨日の衣は丁寧《ていねい》にたたまれている。

ところで、なんの疑いもなくここに彰子がいると考えて疾風《はやて》のように戻《もど》ってきた昌浩である。彼の予測は的中していた。

歳《とし》にしては落ちついた色合いの袿《うちぎ》をまとった彰子は、昌浩が出仕している日中、時間が空くと彼の部屋で積みあがった書物を開いたり巻物を眺めたりしている。わからない箇所《かしょ》をときどき十二神将たちに教わりながら、少しずつ知識を蓄《たくわ》えているのだった。

今日も彼女は文台の前に座っていた。が、いつもだったら朗《ほが》らかに笑って出迎《でむか》えるはずなのに、いやに緊張《きんちょう》した面《おも》持ちでしゃちこばっている。

原因は、一目瞭然《りょうぜん》だった。

「おお、弟よ。遅かったなぁ」

「残業だったのかい？　あまり根を詰めるんじゃないよ」

彰子に対する形で座り、直衣《のうし》姿の長兄と次兄がほけほけと笑っているではないか。

度肝《どぎも》を抜《ぬ》かれた昌浩は、しばらく唖然《あぜん》と立ちすくんだ。そんな末弟《まってい》の様子を、成親は意に介《かい》したふうもなく、膝の横に置いておいた布包みを叩《たた》いてみせる。

「うちの北《きた》がな、ぜひ義妹殿《ぎまいどの》にこちらをというので、持参した次第《しだい》だ」

「私のほうは帰ったら知らせようと思う。きっと喜んでくれるよ」

あまりの事態に茫然《ぼうぜん》自失だった昌浩だったが、なんとか立ち直るなり慌《あわ》てふためきながら反論した。

「ああああ兄上たちっ、何を、何を言って！」

「いやだから、こちらの……」

文台の前に端座《たんざ》したまま身を硬《かた》くしている彰子を示し、成親はさらりとつづけた。

「藤《ふじ》の姫《ひめ》の話を。――いいじゃないか、いまさら何を。はっ。取り繕《つくろ》う必要がいったいどこに」

両手を広げて肩をすくめて見せ、無敵の笑顔すら作る成親である。

咄嗟《とっさ》に言葉が出てこず、口をぱくぱくと開閉させる弟を眺めていた次兄昌親が、さすがにかわいそうだと思ったのか助け舟《ぶね》を出してきた。

「兄上、あまりいじめると、多方面から怒《おこ》られますから」

「ふん。これくらいしたってばちは当たらんわ」

不機嫌《ふきげん》そうに返したあとで、成親は彰子に向き直った。

「失礼、姫君よ。あなたに隔意《かくい》があるわけではないので、お気にめさるな」

「すっかり小さくなってしまっているじゃないですか。義姉《あね》上に知られたら叱《しか》られますよ」

「お前たちが言わなければばれんのだ。黙っているように」

「はいはい、承知しました」

いなすように笑って、昌親は昌浩を手招きした。

「ほら、そんなところで突《つ》っ立っていないで、この辺に座りなさい」

「は、はぁ……」

ぎくしゃくとした動作で昌親の隣《となり》に腰《こし》を下ろす。ちなみに、反対側は彰子が一番近い。

昌浩が戻ってきたのでようやく安堵《あんど》したのか、彰子はそっと息をついた。いくら昌浩の兄弟たちとはいえ、初対面の男性ふたりと同じ部屋にいるというのは相当の緊張を強《し》いる状況《じょうきょう》であったのだろう。

「兄上たち、あ…この姫に何か言ったんじゃないでしょうね」

昌浩の懸念《けねん》に応《こた》えたのは、隠形している神将の声なき声だった。

《いいえ。成親様も昌親様も、丁寧な口調と物腰で、とても気遣《きづか》っておいででした》

さわりと風が動いて、彰子の後ろにふたつの影《かげ》が顕現する。

十二神将天一と、その恋人《こいびと》朱雀である。天一より目線の高い朱雀は、自分より小柄《こがら》な人間の青年たちを品定めするように見下ろした。

「俺と天貴《てんき》がついているんだ、案ずることはない。もし姫に無礼な振舞《ふるま》いをしようものなら、成親昌親ともども庭の端《はし》まで容赦《ようしゃ》なく張り飛ばしてくれるわ」

「そんなことをしたら、露樹《つゆき》様が悲しまれるわ」

「お前がそんな顔をするならやめる」

相変わらず天一を基準に考える朱雀の台詞《せりふ》である。成親と昌親はなんとも複雑な顔で視線を交叉させた。悲しむのは母だけなのか。祖父はともかく、父にも悲しんでもらいたいものだが。

彰子の傍《かたわ》らに膝《ひざ》をついて、天一は花が咲《さ》くように微笑《ほほえ》んだ。

「姫、奥へ戻られませ。昌浩様がお戻りになられたのですから、成親様たちのお相手はお任せして」

彰子は不安そうに天一を見つめた。そのあとで朱雀にも伺《うかが》うような目を向ける。ふたりは小さく頷いて彼女を促《うなが》した。

成親たちにも確かめるような視線を向けると、それぞれに穏《おだ》やかな表情が返ってきた。ほっとしたような風情で立ち上がりながら、彰子は昌浩にそっと呼びかけた。

「あの…」

「うん？」

目をしばたたかせる昌浩に、彼女はひとことだけ告げる。

「お帰りなさい」

昌浩は軽く目を瞠《みは》った。が、すぐに苦笑《くしよう》して頷く。

「うん。遅《おそ》くなってごめん」

彰子は仄《ほの》かに笑って首を振ると、成親たちに一礼して、滑《すべ》るように部屋を出て行った。そのあとに天一と朱雀もつづく。最近はこのふたりが彰子の傍らに控《ひか》えていることが多い。

彼らを見送っていたら、それまで隠形《おんぎよう》していた玄武が顕現して、妻戸《つまど》に手をかけ肩越しに一同を顧みた。

幼い子どもの風貌《ふうぼう》であるのに、玄武は生真面目《きまじめ》な様子で口を開いた。

「成親昌親兄弟よ、これ以降唐突《とうとつ》な訪問は控えよ。せめて文《ふみ》か、先触《さきぶ》れを出せ。でなくばこの邸《やしき》に立ち入ることまかりならん」

厳《おごそ》かな口調の高い声音で釘《くぎ》を刺《さ》し、玄武は音も立てずに妻戸を閉めた。

燈台《とうだい》の灯《あか》りがじじ、と音を立てて燃えている。

昌浩はほっと肩《かた》を落とした。

「本当に、どういう風の吹《ふ》き回しですか。そろって来るなら、昼間にそう言ってくれればよかったのに……」

軽く睨《にら》むと、長兄は素知らぬ風情《ふぜい》で飄々《ひょうひょう》と答える。

「帰りがけにちょうどこれと一緒《いっしょ》になったのでな。おじい様のお見舞いと、父上たちへの御《ご》機嫌伺いを兼《か》ねて、足をのばしてきたまでだ」

「とか言っているけれど、本当は義姉上の用意してくれた荷を邸に取りに戻ってからこちらにきたんだよ。少なくとも朝から計画していたことは明白だね」

穏やかに真相をばらされて、成親は一瞬《いっしゅん》決まりの悪い顔をしたがすぐに立ち直る。

「というわけで、北からだ。受け取れ」

北、というのは北の方のことである。成親は誰《だれ》の前でも絶対に妻の名を口にしないのだ。おかげで昌浩たちは、未《いま》だに義姉の名を知らないでいた。

押しやられた包みを受け取った昌浩は首を傾《かし》げた。

「なんですか、これ」

「あれの娘《むすめ》時代の衣装《いしょう》だな。物持ちがいいだろう」

包みを開こうとしていた手を止めて、昌浩はなんともいえない顔をする。

「……義姉上に、なんて言いました」

「うん？　大したことは言ってないぞ。昌浩の妻《さい》が安倍の邸に入ったと。そうしたらあれが、ではせっかくですから内々のお祝いも兼ねて、と。お前も半人前の身だし、まだ正式にお披露《ひろ》目《め》したわけではないから、慎《つつ》ましやかにな。安心しろ、本決まりになって披露《ひろう》することになったらそれはもう盛大に」

察するに、彰子が気を遣わないように「娘時代の衣装」と言っていただけで、実はまったく手を通していない新品であるようだった。

昌浩は苦虫を嚙《か》んで潰《つぶ》してじっくり味わったような顔をしながら反論を試みた。

「あのですね、言おう言おうと思っていたんですけど」

「おお、奇遇《きぐう》だな。俺も言おう言おうと思っていたことがあるんだ」

燈台の明かりの中で、朗らかに笑う、十四年歳の離《はな》れた兄の白い歯がやけに鮮明《せんめい》に見えた。

「……なんでしょうか」

嫌《いや》な予感を覚えつつ、目上を敬うという精神を骨の髄《ずい》まで叩き込まれている昌浩が譲《ゆず》る。面《おも》白《しろ》そうに様子を見守っている昌親は、こういうときは絶対に口出しをしない。

成親は爽《さわ》やかに言葉を並べた。

「先の姫、左手首にお前が出雲で買い求めた瑪瑙《めのう》の飾《かざ》りを大切そうにつけていたじゃないか。散々悩《なや》んだ甲斐《かい》があろうというものだ。喜んでくれてよかったなぁ」

先手。予想以上の破壊《はかい》力が炸裂《さくれつ》する。まさかそんな搦《から》め手でくるとは。

「……っ」

「ついでに言うと、あの石は魔除《まよ》けであるとともに、夫婦の和合を願うものだそうでな」

「…………っ」

「瑪瑙に心を託《たく》すとは、口下手で奥手で鈍《にぶ》いお前にしては実に見事な手法じゃないか。偉《えら》い偉い、さすが俺の弟」

とどめとばかりに容赦なく畳《たた》みかける成親である。効果は抜群《ばつぐん》だ。

一応の心構えをしていたものの、連続攻撃《こうげき》を受けた昌浩は完敗して、そのまま轟沈《ごうちん》した。

それを見ていた昌親が、嘆息《たんそく》混じりに呟《つぶや》く。

「ばかだなぁ、昌浩。兄上が本気になったらお前が勝てるわけないだろう……」

荷の包みに突っ伏《ぷ》すようにして肩を震《ふる》わせるしかできない昌浩を見下ろしながら、成親は満足そうに笑うのだった。

6

成親たちが辞去したのは、それから半刻ほど経《た》った頃《ころ》だった。その頃には陰陽寮《おんみょうりょう》を退出してきた吉昌も戻《もど》っており、数ヶ月ぶりに会った長男に幾《いく》つかの小言といたわりの言葉をかけていた。

三兄弟が揃《そろ》うのは数年ぶりだったので、露樹が大層喜んだ。ほんの少しの時間だったが、晴明とも対面を果たし、思いのほか元気な姿に安堵していた。

門のところでふたりを見送っていた昌浩は、足元の物の怪に参ったと言わんばかりの体《てい》で訴《うった》えた。

「なんか、知らない間にとんでもない話が広まってるよ……」

「うーん、つーか…」

首の辺りを後ろ足でわしゃわしゃと掻《か》きまわし、物の怪はあさってを眺《なが》めやる。

「外堀《そとぼり》を埋《う》めているように、見えるんだよなぁ」

「なんだって？」

「いや、なんでも。ほら、彰子もそろそろ邸に入れ」

昌浩たちの後ろで見送りをしていた彰子に振り返り、物の怪は長い尾《お》をぴしりと揺《ゆ》らす。

だんだん彼女の存在が広まりつつある。いつまでも隠し通せるものではなかったのだから、いつかはくる事態であったろう。だが、予想していなかった方向に転がっている。成親が煽《あお》っている部分もあるのだろうが、左大臣の耳に入ったら厄介《やっかい》なことになりそうだ。

おもてだって騒《さわ》ぎ立てることはできないだろうが、あらぬ嫌疑《けんぎ》をかけられることになったらまずい。

「いくら昌浩が無自覚で無意識でも、『本人の意思確認』なんて言葉が出るわけだし、本腰《ほんごし》入れてなんとかせんとなぁ」

成親ではないが、奥手で鈍くて口下手な昌浩である。放っておいたらまとまるものもまとまらないではないか。

などという外野の思惑《おもわく》などどこ吹く風で、昌浩は彰子を見た。

「今日は何してた？」

「天一と玄武と一緒に、市《いち》に行っていたの。雨でずっと行けなかったから……。すごく活気があって面白かったわ」

「そっか」

楽しそうに笑う彰子の様子に、昌浩も嬉《うれ》しそうな顔で頷《うなず》く。

そうして、ふと思った。

土御門殿《つちみかどでん》で臥《ふ》せっている中宮《ちゅうぐう》は、こんなふうに晴れやかに笑うことがあるのだろうか。

昌浩は下《した》っ端《ぱ》役人で、安倍氏自体も身分は決して高くない。上流貴族、殿上人《てんじょうびと》の生活がどんなものかは想像もつかない。

目の前にいる彰子は上流貴族の最たる家柄《いえがら》の姫《ひめ》だったが、どうも常識的に考えて、一種型破りなところがあると思われる。

さだめの星が交叉する前、彰子に瓜二《うりふた》つの面差しを持ったあの少女は、どんな生活を送っていたのだろう。

「……彰子、さ。中宮のこと、何か知ってる？」

唐突に話を振《ふ》られて、彰子は訝《いぶか》しそうに目を細めた。

「どうかされたの？　病が篤《あつ》いと伺《うかが》っているけれど、まだ快癒《かいゆ》は見込めないのかしら」

「あ、そうじゃなくて……、っ！」

言いさして、昌浩はぱっと後ろを振り返った。

「どうした？」

物の怪の問いに生返事をして、昌浩は周囲を注意深く見回す。

視線を感じた気がした。気のせいだろうか。

昌浩の様子に不穏《ふおん》なものを感じ取り、物の怪もまた警戒心《けいかいしん》を強める。いつどこで何が起こるかはわからない。この安倍邸《てい》は強靭《きょうじん》な結界に守られているが、結界を創生した晴明の力は徐々《じょじょ》に削《そ》がれている。油断しないに越《こ》したことはない。

この土地そのものに曰《いわ》くがあるのか、晴明ひとりの力で為《な》されたにしては、この敷地《しきち》を取り巻く結界は思いのほか強いものだった。貴船の祭神ほど甚大《じんだい》な神通力を持つものならば入り込むことができるが、そうでもない異形や妖《あやかし》は絶対に侵入《しんにゅう》できない。家人の許可があれば話は別だが。

「昌浩、どうしたの？」

不安そうに尋《たず》ねる彰子に、昌浩は努めて安心させるような笑顔《えがお》を向けた。

「いや、なんでもない。話のつづきは邸《やしき》の中でしようか、あんまり夜風に当たるのは、体によくないっていうし」

何気なく視線を滑《すべ》らせた昌浩は、彰子の手首に成親が言ったとおり瑪瑙の飾りがつけられているのを認めた。意識して見たことがなかったから、気づかなかった。

あ、ほんとだ。

心中で呟いて、なんとも言えないくすぐったさを感じる。石の意味とかそういうものは知らなかったから、そんなものでからかわれるとも思っていなかった。結構な衝撃《しょうげき》だ。が、そんな気恥《きは》ずかしさを飛び越えて、嬉しいと思う。喜んでくれて、それがとても嬉しい。

彰子の横顔をそっと見やりながら、昌浩は思った。

彼女とはたくさんの約束をした。果たしていないものもたくさんあるし、果たしたものも幾つかある。自分は万能ではなくて、約束を守ることは存外に困難であることも、いまは承知している。

一度見ただけの中宮章子が、何を望んで自分に会いたいと言っているのか、その真相はわからない。

でも、彰子が言うのだ。章子を守ってほしいと。中宮を敵の魔手《ましゅ》から守らなければならない。

彼女が望むから、昌浩は何があっても、中宮を敵の魔手から守らなければならない。


怪僧《かいそう》丞按の残した言葉も気にかかる。

――狙《ねら》いはあの娘《むすめ》。企《たくら》みは、あの一族の終焉《しゅうえん》
娘というのは章子だろう。では、「あの一族」とは。

昌浩の目許《めもと》に厳しいものが宿った。わからないことだらけで、常に後手に回っていることが口惜《くちお》しい。

それを見上げていた物の怪は、一度足を止めて背後を振り返った。

まったくの闇《やみ》が広がる都の街並み。このどこかに、あの僧と異形は確かにひそんでいるのだ。

そして、判明したことがある。丞按の力はともかく、天狐《てんこ》凌壽の力は、自分たちの感性をすり抜《ぬ》ける。眷族《けんぞく》の血を持つ昌浩が気づいて、そこまで近くなってからようやく彼らの直感が警《けい》鐘《しょう》を鳴らす。

厄介な相手だ。

嘆息して邸に向き直ると、彰子と昌浩が入った後の妻戸の横に、勾陣がいた。

ぽてぽてと近づいていく物の怪を見下ろして、彼女は不自然なほど落ちついた声音《こわね》を発した。

「……夕刻、晴明に言われたんだ」

「なにを」

見上げてくる夕焼けの瞳《ひとみ》をまっすぐに見下ろす黒曜の双眸《そうぼう》が、ほんの一瞬《いっしゅん》揺らいだのを、物の怪は確かに見たと思った。

だがそれは刹那《せつな》の間に掻き消えて、いつもの平静さが彼女の瞳を満たす。

「これ以降は、安倍晴明ではなく、――安倍昌浩を、守れと」

その言葉が意味するものは、ひとつしかない。

そして彼らには、それだけで充分《じゅうぶん》だった。

胸中で荒《あ》れ狂《くる》う感情がある。それを懸命《けんめい》に押し留《とど》めながら、物の怪はやっとの思いで短く答えた。

「……そうか」

無言で首肯《しゅこう》して、勾陣は片膝《かたひざ》を地についた。物の怪と目線を近づけて、彼女は瞼《まぶた》を伏《ふ》せる。

「……さだめは、変えられないだろうか」

滅多《めった》に揺らがぬ彼女の声音を、沈鬱《ちんうつ》なものが支配している。物の怪はひとつ頭《かぶり》をふった。

わからない。十二神将は万能ではない。天津神《あまつかみ》ですら読めない星宿《せいしゅく》ならばなおさらだ。

しかし、諦《あきら》めることだけは、どうしてもできない。

物の怪は――紅蓮は、奇蹟《きせき》を知っている。

その奇蹟はただの子どもで、脆弱《ぜいじゃく》で無力な、本当にただの子どもで。ただ、恐《おそ》ろしく強い意思とひたむきな心を持ち、十二神将騰蛇の根幹を変え、あまつさえ不動でなければならない星宿を歪《ゆが》め、超越《ちょうえつ》した存在であるはずの神をも巻き込んだ。

奇蹟を知っている。身をもって、紅蓮はそれを知っているのだ。

「高龗神の言葉を信ずるならば、さだまらぬ星宿をさだめれば、道は開くはず」

そして、そのための鍵《かぎ》はやはり、あの輝《かがや》ける命なのだ。


はるか虚空《こくう》から、一筋の黒い糸が舞《ま》い降りる。

それを受けとめ、凌壽は感心した風情《ふぜい》で呟《つぶや》いた。

「瓜二つじゃないか」

己《おの》れの髪《かみ》を風に乗せて流し、それにこめた妖力《ようりょく》で安倍邸の様子を探《さぐ》っていたのだ。

気取られる心配はなかった。髪にこめられた力は微弱《びじゃく》なものだ。晶霞であれば気づくかもしれないが、血の薄《うす》い眷族たちには無理だ。

安倍邸の周囲に張りめぐらされた結界は、たとえ凌壽でも打ち破るには骨が折れそうだった。

安倍晴明は常に結界の中に留《とど》まっている。晶霞が動くのは、まだ血の濃《こ》い晴明に関《かか》わるときだけだ。近くにひそんでいることは明白だったが、気配を完全に断たれているのでたどることはできない。

ざんばらの前髪を無造作に掻《か》きあげて、凌壽は不満げに目許を歪めた。鉛色《なまりいろ》の双眸が剣呑《けんのん》さを帯びる。

「丞按もうるさいし。……用が済んだら殺すか」

うっそりと呟いて、凌壽はふいに嗤《わら》った。

いいことを思いついた。

「……晶霞よ、なぁ晶霞よ。いまはそうやって隠《かく》れていればいい。だがな」

お前は優《やさ》しい。だから、優しいお前のために、優しい俺が手立てを講じてやろう。

眷族の危機ならば、お前は出てこざるを得ない。

「あのふたりの娘が、恰好《かっこう》の材料だ」

くつくつと喉《のど》の奥で笑いながら身を翻《ひるがえ》した凌壽は、ふと足を止めた。

柳《やなぎ》の枝に、呑気《のんき》に寝《ね》ている二匹《ひき》の雑鬼《ざつき》がいる。

天狐の気配に気づかず健《すこ》やかに寝ている妖を見て、凌壽は目を細めた。

「……ふぅん？」

屍《し》蠟《ろう》のような唇《くちびる》が、笑みの形に醜《みにく》く歪んだ。


昌浩の部屋に戻《もど》ったふたりは、肩《かた》の力を抜いていた。

「昌浩のお兄様方だから、大丈夫《だいじょうぶ》だとは思うんだけど…。やっぱりだめね、唐突《とうとつ》にあんなことになると、緊張《きんちょう》して」

「それは当然だと思うよ。そもそも彰子は深窓のお姫様《ひめさま》だったんじゃないか。あのくらいの歳《とし》の男性と顔をあわせることなんてなかっただろ？」

彰子は頷《うなず》いた。

「そうね……」

「貴族の姫って、みんなそうなのかな。中宮《ちゅうぐう》もそうなら、何で俺を呼ぶんだろうなぁ」

なおさら不審《ふしん》だ。ううむと唸《うな》る昌浩の言葉を聞きとがめて、彰子は怪訝《けげん》そうに首を傾《かし》げた。

「え？　呼ばれたって、どういうことなの？」

「なんでも、名指しで俺に会いたい、て言ったみたい。でも俺、中宮と会ったことなんて一度しかないからさぁ。向こうが俺を知っていることからして不思議なんだけど」

そして昌浩は、つい先日土御門殿に施《ほどこ》されていた術の話を、かいつまんで語った。

満身創痍《そうい》で解呪《かいじゅ》を行ったくだりを聞いて、彰子の顔がみるみるうちに蒼白《そうはく》になっていく。

「そんな無理を……」

それきり絶句してしまった彼女に、昌浩は慌《あわ》てて手を振《ふ》った。

「大丈夫だってば。もっくんや六合や勾陣がいてくれたから。それに、ほら、約束したろ？」

訝《いぶか》るような眼差《まなざ》しを向けてくる彰子に、昌浩はこともない風情で言った。

「中宮を守る、てさ」

瞠目《どうもく》する彰子に笑いかけて、昌浩は彼女の頭を軽く叩《たた》いた。

「心配しなくていいよ。みんながいてくれるし」

「でも……」

ふいに言いさして、彰子はうつむいた。色を失った唇が震《ふる》えている。

いつもいつもそうやって、自分は昌浩に重いものを背負わせている。なのに、それをさせているる自分は常に結界の内で守られて、何もせずに何もできずに、彼が戻るのをただ待っているのだ。

右手の甲《こう》に刻まれた無残な傷痕《きずあと》は一生消えない。思えば、この傷をつけられたときから自分のさだめは大きく変わった。何事もなければ入内《じゅだい》して、帝《みかど》の子を産んで、意思を持たない道具のように生きていくはずだったのだ。

いまの自分は、かしずかれて生活している深窓の姫ではない。

「……私…いつも昌浩に甘えてばかりなのね…」

沈《しず》んだ様子の彰子がぽつりと漏《も》らす。昌浩は血相を変えた。

「なんでそんなこと言うんだよ！　そんなことない、いつだって俺のほうが助けてもらってるんじゃないか！」

「……そう…かしら…」

言い澱《よど》んだ彰子にかけるべき言葉を探して、昌浩は懸命になった。だが、焦《あせ》っているのでうまい文句が出てこない。こんなとき、兄たちだったら苦もなくこの状況《じょうきょう》を打開できるに違《ちが》いないのだ。まったくもって自分は口下手だ。

沈鬱な空気が重く垂れ込める。それを救ったのは、甲高《かんだか》く能天気ですらある声だった。

「――取り込み中　恐縮《きょうしゅく》だが」

ぽてぽてとふたりの間に割って入り、物の怪は顎《あご》で妻戸を示した。

「昌浩よ、晴明が呼んどる。行ってこい」

「え…、いや、でも」

「あまり待たせるな」

さらに促《うなが》したのは妻戸のところに立っている勾陣で、昌浩は渋々《しぶしぶ》立ち上がった。

「ちょっと、ごめん」

「ええ」

急ぎ足で出て行く昌浩を見送りながら、彰子は意気消沈《しょうちん》した様子でうつむいた。

中宮を守ってほしいと思う心は本当だ。彼女は彰子のためにさだめを変え、身代わりとなって入内した。病篤《あつ》く快癒《かいゆ》の兆《きざ》しが見えないのも、精神的な重圧が原因なのではないかと思われた。

見も知らない異母姉妹にもし彼が真実会うことがあるなら、優しくしてあげてほしい。何もできない自分の代わりに。

唇を引き結んだまま、彼女は心底そう思った。

祖父の部屋は燈台《とうだい》の灯りだけでなく、ゆらゆらと揺《ゆ》れる青白い光にも照らされていた。

「わ?」

横臥《おうが》する晴明の傍《かたわ》らに、十二神将水将天后が端座《たんざ》している。胸の前に掲《かか》げられた両手の間に水鏡が創生され、それが放つ青白い光が室内を満たしているのだ。

燈台の灯火は橙色《だいだいいろ》なので、青白い光とは対極の色味だ。が、奇妙《きみよう》に融合《ゆうごう》して違和感《いわかん》は感じなかった。

昌浩の声を聞いた天后は、閉じていた瞼《まぶた》を開いてついとこちらを向いた。勾陣とほぼ同じくらいの歳に見える彼女は不機嫌《ふきげん》そうに眉《まゆ》を寄せて昌浩を一瞥《いちべつ》し、そのまま目をそむけた。

掲げていた手を動かすと水鏡が霧散《むさん》する。彼女は床《ゆか》に手をつき一礼して、そのまま姿を消した。

すみに控《ひか》えていた朱雀と天一が意味ありげな顔をして昌浩を見つめている。

「……え? なに、俺、邪魔《じゃま》した?」

問いに答えたのは横臥している祖父だった。

「いや、もう用件は済んだ。入りなさい」

妻戸のところで突《つ》っ立っている昌浩を手招きして、晴明はよいしょと起き上がった。近くに座っていた玄武が脇息《きょうそく》を寄せてやると、晴明はそれによりかかって大儀《たいぎ》そうに息をつく。

「じい様、寝てたほうがいいですよ」

「まったく、どいつもこいつも人を病人扱《あつか》いしおって」

不満たらたらという体《てい》で眉間《みけん》にしわを寄せる晴明に、朱雀の容赦《ようしゃ》のない言葉が飛んでくる。

「病人で不満なら重病人と呼んでやるが」

それはもっといやな呼称《こしょう》だ。

晴明はわざとらしく咳払《せきばら》いをして話題を変えた。

「昌浩、帰途《きと》で何があったかは六合から聞いた。それはよいとして、明日土御門殿に伺《うかが》うことになったとか？」

そういえば、兄たちにかまけて報告していなかった。それを思い出した昌浩は、無口ながらも必要な仕事はきっちりとこなしてくれる六合に内心で感謝した。

「ええ。中宮が望んでいるとかで。あ、そうそう、この間話した、土御門殿に呪術を施した怪《かい》僧《そう》、丞按という名だそうですが、じい様何か知ってますか？」

丞按の年齢《ねんれい》は、あくまでも推定だが三十代後半から四十代前半。常人の倍を生きている晴明ならば、何か手がかりを知っているかもしれないと思ったのだが。

晴明は記憶《きおく》を手繰《たぐ》ったが、その名に心当たりはなかった。

「……いや。ほかには」

土御門殿に術を仕掛《しか》けた丞按が最終的に狙《ねら》っていたのは、十中八九中宮章子だったと晴明も昌浩も考えていた。そして、丞按自身がそう語った。

あの男は言った。狙いは娘《むすめ》。企《たくら》みは一族の終焉《しゅうえん》。

考えながら昌浩は口を開いた。

「……一族……、藤原氏、のことかな」

「藤原氏といっても、たくさんいるしな。中宮を狙っているという事実を踏《ふ》まえてどの藤原かと考えたとき、一番可能性が高いのは……」

やはり、藤原道長の血に連なる者、だろう。

昌浩は深々と息をついた。

「やっぱり、あれですか。政《まつりごと》の様々な陰謀《いんぼう》だのなんだので、左大臣様も相当の恨《うら》みを買われているということですか」

嫌悪《けんお》のにじんだ昌浩の語調に、晴明は小さく苦笑《くしょう》する。

「逆恨みというものもあるから、一概《いちがい》には括《くく》れんな。あの方はただでさえ度《たび》重なる幸運の末に現在の地位につかれておる。そして、運も実力の内という」

昌浩の歳よりずっと長い時間、政を中枢《ちゅうすう》に近い場所で見てきた晴明の言葉には、不思議な重みがあった。

昌浩の知らないことを知っている祖父の言葉だ。絶対に、忘れないようにしよう。

無意識にそんなことを考えて、昌浩ははっとした。そんなことを考えるということがすでに、近い未来を示唆《しさ》しているようではないか。

膝頭《ひざがしら》を握《にぎ》り締《し》める昌浩の手が白くなる。それに気づいた晴明が首を傾《かたむ》けた。

「どうした？　何やら険しい顔になっとるのぅ」

「いえ、大したことでは。……それで、明日土御門殿に行くわけですが、俺、何をすればいいんでしょう」

晴明は目を丸くした。昌浩は極真剣《ごくしんけん》な面持《おもも》ちだ。

ずり落ちそうになった袿《うちぎ》を玄武が無言で肩《かた》まで引き上げる。端座している天一に片胡坐《あぐら》を掻《か》いた朱雀もひとことも発しない。

発しないというより、困惑《こんわく》して沈黙《ちんもく》を選んでいるというほうが正しいのかもしれない。

昌浩の疑問。実はそれは、現時点では誰《だれ》にも答えがわからないものなのだ。

しばらく喉《のど》の奥で唸《うな》っていた晴明は、ひとつひとつ考えをまとめるようにしてぽつぽつと答えた。

「……そうさな。まず…」

天井《てんじょう》に視線を彷徨《さまよ》わせて、晴明は腕《うで》を組んだ。

「お付きの女房《にょうぼう》たちに不審《ふしん》に思われんよう、節度を持って」

「はい」

「行成様には既知《きち》の相手と語っているよう、しかしそれほど親しい印象を植えつけないよう慎《しん》重《ちょう》に」

「はい」

「あとはまぁ、気がふさいでおるのだろうから、励《はげ》まして差し上げたらどうだ」

「そうですね……。じゃあ、気が晴れるように、何か贈《おく》り物《もの》でもしたほうがいいんでしょうか」

しかつめらしい顔でいちいち頷《うなず》く昌浩である。単純に思案して単純に言った言葉だったが、晴明が慌《あわ》てて待ったをかけた。

「待て。相手をどなただと思うとる」

「え？　土御門殿《つちみかどでん》の……中宮《ちゅうぐう》でした」

中宮というのは、今上《きんじょう》のお后《きさき》である。平たくいえば人妻なのだ。そんな相手に、お気楽に贈り物などしたら、帝《みかど》に対する不敬罪で罰《ばっ》されても文句はいえない。

昌浩は頭を掻いた。

しまった。相手の身分などどこかに取っ払《ぱら》ってしまっていた。

なにせ、昌浩にとって中宮章子その人は、彰子の異母姉妹で身代わりに入内《じゅだい》した姫《ひめ》、という認識《にんしき》が強いのだ。誰が聞いているかわからないから中宮という呼称を用いているものの、感覚としてはひとつ下のただの姫なのである。

危ない危ない。この孫は妙な部分で奇想《きそう》天外だ。

本気で胸を撫《な》で下ろす晴明である。

やれやれと息をついたとき、先ほど見舞《みま》いに訪《おとず》れてきていた成親の言葉が思い出された。

『色褪《いろあ》せた花とはいえ、藤に変わりはないですし。ここはひとつ、外堀《そとぼり》から埋《う》めていこうかと思案している次第《しだい》です。あれは鋭《するど》いところを突くくせに鈍《にぶ》いですからねぇ。一目瞭然《りょうぜん》なのに、当人に自覚がほとんどない』

いまはいいけど先が思いやられるでしょう、と眉間にしわを作っていた成親はといえば、二《は》十歳前《たち》に結婚話《けっこんばなし》が持ち上がった折、様々な障害を蹴散《けち》らして成就《じょうじゅ》させた経緯《けいい》を持っている。あのときの自分より険しい道のりだからと、いまのうちから布石を打つつもりのようだ。

黙《だま》って聞いていた昌親もまた、思いは同じであるようだった。

「うーん、じゃあどうしようかなぁ……。話をするといってもなぁ」

目の前で真剣に思案している末孫を、晴明は穏《おだ》やかに見つめた。

大丈夫《だいじょうぶ》だ。この子には、この子を大切に大切に思ってくれる者がたくさんいる。自分がいなくても、この心が不自然に曲げられてしまうことはないだろう。――優《やさ》しい子だから、そのときはとても悲しんでしまうだろうけれども。

しばらくああでもないこうでもないと唸っていた昌浩は、祖父の視線に気づいて眉を寄せた。

「……なんですか？」

「いや」

昌浩の眉間のしわがさらに深くなる。それと一緒《いっしょ》に、晴明の目許《めもと》のしわもまた深くなった。

「……だから、なんなんですか」

「いやいや。なんでもないよ。……ただ」

骨と筋ばかりの手をついとのばして、晴明は孫の額を軽く指弾《しだん》した。小さく唸って額を押さえる昌浩は、無言で抗議《こうぎ》の目を向けてくる。

晴明はいとおしむように笑《え》みを深くした。

「……本当に大きくなったなぁと、思っただけだよ…」

夜半過ぎに、物の怪はふと目を覚ました。

すぐそばにしつらえられた茵《しとね》に、人影《ひとかげ》がない。

見れば妻戸が少し開かれて、夜風が吹《ふ》き込んできていた。

音もなく妻戸に近づいて覗《のぞ》くと、地べたに足を投げ出して簀子《すのこ》に座っている背中が見えた。

ぽてぽて歩いていくと、落ちていた肩が震《ふる》える。

隣《となり》に並んで斜《はす》に見上げ、物の怪は目をしばたたかせた。

泣いているかと思ったのだが、予想ははずれた。

「……ごめん、起こした？」

静かに尋《たず》ねられて、物の怪は首を振《ふ》る。昌浩は安心したように口元だけで笑った。

お座りをする物の怪の背を叩《たた》いて、昌浩は目を伏《ふ》せる。括《くく》っていない髪《かみ》が肩から落ちて、顔を覆《おお》った。

「………見えないんだ」

「!?」

思いがけない告白だ。物の怪は息を呑《の》んだ。まさか。

しかし、昌浩の次の台詞《せりふ》で胸を撫で下ろす。

「……星宿《せいしゅく》が、どうしても見えない」

ほっと息をつく物の怪の様子に気づかずに、昌浩はとつとつとつづけた。

「高淤の神が言ったよね。さだまらない星宿がさだまれば、て。……でも、それが誰の星宿なのかも、何度占《せん》じてみてもわからない」

あるいは、晴明ならば読み取ることができるのだろうか。だが、陰陽師《おんみょうじ》は自分のさだめは占じることができない。この一件は晴明自身の運命に関《かか》わることだから、式盤《ちょくばん》に結果が出るとは思えなかった。

「俺がやらないといけないのに。どうしても、だめなんだ……」

それきり押し黙る昌浩を、物の怪は見ないでいようと決めた。

きっと、見られたくないに違《ちが》いない。だから物の怪を起こさないようにそっと部屋を出て、簀子で物思いに沈《しず》んでいたのだろうから。

様々な事態が複雑な縄《なわ》のように絡《から》み合っているようだ。

天狐《てんこ》の血。晶霞と凌壽の確執《かくしつ》。晴明の天命と昌浩の懊悩《おうのう》。怪僧《かいそう》丞按の狙《ねら》い。中宮章子の思惑《おもわく》。

すべてを収束させることは、果たして可能なのだろうか。

物の怪は、十二神将たちは。とても薄情《はくじょう》なので、実はただひとつがかなってしまえば、ほかはどうなっても構わない。だが、そのただひとつにすべてが絡んでくるのだろう。

昌浩が何度も何度も繰《く》り返す。

まだ早い。どうか生きていてほしい。まだ何も返していない。

それは、十二神将たちも同じなのだ。

けれどもとうの晴明は、笑うのだ。

『そうさな。……でも、わしの望みは、大概《たいがい》かなってしまったので、あまり未練はないよ』

ひとつだけ、かなえることはできないだろう願いをおいては、すべてかなったのだと。

そのひとつがなんなのか、物の怪は知らない。十二神将全員、知っているかどうか。もしかしたら天空は知っているかもしれないが、訊《き》いたとて教えてくれるような相手ではない。

しばらく簀子で夜風に吹かれていた物の怪は、長い尻尾《しっぽ》で昌浩の腕を叩いた。

「夏でも、あまり夜風に当たるんじゃない」

「……うん」

「腕が冷たくなってるし、明日は…もう今日か。今日は退出してから土御門殿に行って中宮と会うんだろう。寝不足《ねぶそく》の顔で行ったら末代までの恥《はじ》だぞ」

とくとくと語る物の怪の言いぐさに、昌浩はうつむいたまま薄《うす》く笑う。物の怪はそれに気づかないふりをした。

「それにだ。なんたって相手は道長の娘《むすめ》で彰子の姉妹だからな。失礼があったらいかんだろうし、そのためにも万全の体調をもって望むべきだ」

「……うん」

昌浩の手がのびて、物の怪をひょいと抱《かか》え込んだ。白い背中に額を押しつけて、昌浩は自分自身に言い聞かせるように呟《つぶや》く。

「うん。うん。大丈夫、わかってるから」

「だったら早く茵に戻《もど》れ。……それにだ。これが最大の問題だが……、ひどい顔してると、彰子がそりゃー心配するぞぉ」

含《ふく》んだような物言いをして、物の怪はにまっと笑う。昌浩は小さく肩《かた》を揺《ゆ》らした。

顔を上げ、昌浩は苦笑混じりに言った。

「まったく、もっくんにはかなわないや」

「あったりまえだ。成親すらも足元に及《およ》ばない俺様に勝とうなんざ、千飛んで十四年早いわ」

うわ、長すぎだよ、と。

昌浩は泣きそうな笑顔で呟いて、物の怪を抱えたまま立ち上がった。

7

皐月《さつき》の下旬《げじゅん》は主だった行事もないので、昌浩の仕事は比較的《ひかくてき》定時で終われる程度の量だ。

各月下旬の定番となってきた暦《こよみ》の書写をするべく墨《すみ》をすっていた昌浩は、真新しい料紙を見てふとあることを思いついた。

一枚拝借して小さな正方形に切り、かさこそと折りはじめる。

膝元《ひざもと》でそれを見ていた物の怪が、文台に身を乗り出して手元を覗きこんできた。

「仕事もせんで何やってんだ」

「うん、ちょっとね。ほら、仰々《ぎょうぎょう》しいものだと勘《かん》ぐられちゃうから」

言いながら、いささか不器用な手つきで昌浩が作ったのは、他愛《たわい》ない紙の箱だった。それを壊《こわ》さないように丁寧《ていねい》にたたんで、懐《ふところ》にしまう。

二ヶ月ほどの空白期間をおいたため、多少は見られるようになっていた昌浩の筆跡《て》は、以前のそれに逆戻りしつつあった。せっかく上達していたのに、悲しいやら悔《くや》しいやら。

「頑張《がんば》ったのになぁ」

「これからまたうまくなりゃいいって」

なぐさめられても心は晴れない。

落ち込む理由はもうひとつあるのだ。昌浩が兄の成親とともに帰京してすぐ、安倍邸《てい》にひとつの文が届けられた。送り主は成親の次男で、覚えたてのたどたどしい文字で遊びにきてください、と記されていた。

うちのちびどもが待っていると、出雲に出立する前に成親からも言われていた。

父が帰って来たということは昌浩も帰って来たのに違いない。なのに来ないから、いそいそと書いて寄越《よこ》したのだろう。

微笑《ほほえ》ましくそれを眺《なが》めていた昌浩に、隣でそれを楽しそうに見ていた彰子が言ったのだ。

『昌浩もちゃんと文をお返ししないと、若君が悲しまれるわ』

そうなのだ。初めての文に返事がなかったら、その心にいかほどの傷を負うことだろう。

しかし、昌浩は文を書くのがすこぶる苦手である。できることなら極力書かずに済ませたいと思っているくらいだ。文や歌を送らなければいけない状況《じょうきょう》になったら、頭を抱えて唸《うな》りながらなんとか書き上げているものの、昔々その昔にその道の大家に才能なし、の太鼓判《たいこばん》を押された経緯《けいい》も手伝って、やっぱり苦手意識をぬぐえない。

練習用の料紙を丸めて部屋中に転がしておいたら、彰子がそれを広げて苦笑《くしょう》していた。

「昌浩らしいのびのびとした筆跡で私は好きよ、とか言ってくれてたじゃないか」

物の怪が前足をあげて彰子の言葉を反復すると、昌浩は肩に重しがずしりとのしかかったような顔になった。

「それは嬉《うれ》しいよ、嬉しいけどさ。そう言うあき…彼女の筆跡は、流麗《りゅうれい》で優雅《ゆうが》でそりゃーもう綺麗《きれい》なんだぜ。俺どうしよう、と思う」

陰陽寮《おんみょうりょう》の中なので、彼女の名を口にしないよう気をつけながら、昌浩は口をへの字に曲げた。かなわないなぁと思う。

自分が彼女にしてあげられることは片手の指で足りてしまう程度なのに、彼女が自分にしてくれることはそれ以上で、不甲斐《ふがい》なさに情けなくなるのだ。

ため息をついて再び墨をする昌浩に、物の怪が片目をすがめてにやりと笑った。

「しかも、『いもうともまってます』だろ？　次男坊と小姫《こひめ》両方にちゃんと文を返してやらんと、父親が出てくるぞぉ」

「あー、出てくるねぇ。あと子どもたちも出てくるよ」

六つの長男と五つの次男は、二つの姫をお前たちが守るのだという父母の徹底《てってい》した教育が功を奏していて、相手が誰《だれ》でも立ち向かう気概《きがい》を持っている。上の子どもはせっせと武芸の腕《うで》を磨《みが》いてもいるらしい。偉《えら》いなぁと感心することしきりだ。

姿勢を正して筆を滑《すべ》らせ、書写を進めながら、昌浩は暦に並ぶ文字を見つめた。早くしないと、時期が過ぎてしまう。風向きと雲の流れを見たところ、明日までは天気が持ちそうだ。

でも、と昌浩は目を伏《ふ》せた。彼女には申し訳ないと思うけれど、いま貴船に彼女を連れて行く気にはなれない。そんなことをしたら、祖父の顔を見られなくなりそうな気がした。

中宮《ちゅうぐう》との対面はなるべく早めに切り上げて、早々に邸《やしき》に戻ろう。そして、神の言葉の意味を摑《つか》み、手立てを見つけ出す。

土御門殿の門を見上げて、昌浩は呼吸を整えた。

「……考えてみると」

正面から入るのは、初めてなのだ。

さらに珍《めずら》しいことに、昌浩はここに牛車《ぎっしゃ》に乗って参上したのである。

物見の窓から土御門殿を眺めている昌浩の様子に、藤原行成は穏《おだ》やかに笑っている。

「私もこの邸を訪《おとず》れることは滅多《めった》にないんだが、東三条殿《ひがしさんじょうでん》と同じくらいの広さだと思えば間違《まちが》いはないよ」

「はい」

殊勝《しゅしょう》に頷《うなず》きながら、心中では知ってます、と呟く昌浩だ。あまりひとには言えないが、大内裏《だいだいり》の奥深く、本当だったら生涯《しょうがい》入ることはないだろう内裏にまで入ったことがある。殿上人《てんじょうびと》でもないのに、随分《ずいぶん》偉いことをしているものだ。

門をくぐって車宿りに入った牛車が止まった。牛飼い童《わらわ》が軛《くびき》から牛をはずすのを待って、榻《しじ》を踏《ふ》み台に車から降りると、中門の前で彼らを待っていた家司《けいし》が姿勢を正した。

「お待ちしておりました」

一礼する家司に行成は鷹揚《おうよう》に頷き、背後に控《ひか》える昌浩を示す。

「左大臣様から報《しら》せがあったであろう。こちらが陰陽師殿《どの》だ。年若いが信頼《しんらい》に足る」

「はっ」

家司はそのままふたりを案内するよう言いつかっているのか、身を翻《ひるがえ》して中門から廊《ろう》に上がった。行成と昌浩もそのあとにつづく。

どこかに立ち寄ることもなくまっすぐ寝殿《しんでん》に進んだ一同は、南廂《ひさし》のところで止まった。

片膝を簀子《すのこ》について、家司が女房《にょうぼう》に声をかける。

「中宮のご様子は」

やや置いて、涼《すず》やかな返答があった。

「ただいまは、ご気分がよろしいようで、廂に設けた座でくつろいでおいでです」

「病を憂《うれ》えた殿が、平癒《へいゆ》の祈禱《きとう》を依頼《いらい》された陰陽師殿が参られている。……安倍晴明殿の所縁《ゆかり》の方だ」

「聞き及んでおります。こちらへ」

御簾《みす》を上げて現れた女房が、行成と昌浩を先導する。

「ああ、私はここで待とう。陰陽師殿の気が散じるようなことのないように」

みなが不審《ふしん》に思わないようにそう言って、行成は家司に尋《たず》ねた。

「控えの間はいずれか」

「こちらです。では、陰陽師殿はかの女房と」

「はい」

こくりと頷いて、昌浩は背筋をのばした。

先導してくれる女房は随分と落ちついた雰囲気《ふんいき》を持っている。勾陣たちより十年くらい年嵩《としかさ》だろうか。母の露樹よりは下だろうが、落ちつき具合が堂にいっている気がする。

「さすが、道長がそろえただけのことはあるな。気品も立ち居振舞《ふるま》いも上級だ」

昌浩の肩《かた》に乗っている物の怪が感嘆《かんたん》した。女御入内《にょおごじゅだい》の折に集められた女房たちは、中宮に位上げとなったのちも引きつづき仕えている。その大半が、中宮の宿下がりを受けてこの土御門殿に入っているのだろう。

「女の方が数としては多いんだろうなぁ。でも、侵入者《しんにゅう》がないとも限らないから、夜は警備の武官たちが交代で詰《つ》めてるらしい」

南庭を眺める物の怪を、昌浩は感心した風情《ふぜい》で見返した。

「詳《くわ》しいねぇ、もっくん」

「おうよ、何度も言うが俺は長生きで物知りだからなー」

女房には物の怪の姿が見えないので、不審がらせないよう会話は極端《きょくたん》に小さいものになる。

昌浩はぎりぎりまで声をひそめた。

「……妙《みょう》な気配は、ないね」

注意深く敷地《しきち》内を探《さぐ》る昌浩に、物の怪は頷いた。

「ああ。あれ以来、丞按はここに手を出してないと見ていいだろう」

だが、丞按は確かに宣言したのだ。狙《ねら》いはあの娘《むすめ》――中宮章子だと。

油断はできない。奴《やつ》の目的がはっきりしない以上、どれほど警戒《けいかい》してもこれで充分《じゅうぶん》ということはないはずだ。

女房が立ち止まった。昌浩は彼女から二尺ばかりの距離《きょり》を取って足を止める。

「中宮、陰陽師殿が参った由《よし》にございます」

格子《こうし》と御簾の向こうで、息を呑《の》む気配がした。

若干《じゃっかん》西に傾《かたむ》いた陽射《ひざ》しは、どちらかといえば逆光になるはずだ。果たして格子と御簾の向こうにいる中宮に、自分の顔は見えているのだろうか。

昌浩にここで待つよう言いつけて、女房は簀子をまっすぐ進み突《つ》き当たりを曲がった。すぐに妻戸を開閉する音がして、御簾の向こうに座る気配がした。中宮が端座《たんざ》しているとおぼしきところからおよそ二丈《じょう》。張り上げなければ声は届かないだろうが、用心に越したことはない。

昌浩は居住まいを正して御簾の正面を向き、そのまま礼を取った。

物の怪はその隣《となり》にちょこんとお座りをする。中宮には物の怪を視《み》る見鬼《けんき》の才がないので、気を遣《つか》うこともない。いっそ寝《ね》そべってもいいかなぁと、物の怪は埒《らち》もないことを考えた。

しばらくなんの反応もなかった。時折吹《ふ》く風が格子の向こうに御簾を押し、それで中宮の陰《いん》影《えい》が濃《こ》くなる。彼女は御簾からあまり遠くない場所にいるらしい。

視線は感じる。気配も伝わってくる。彼女がどんな顔で自分を見ているのかなんとなく想像がつくのは、彼女と瓜二つ《うりふた》の面差《おもざ》しを自分が知っているからだろう。

さて、何を話せばいいのか。そもそも自分のほうが身分が低いのだから、声をかけるのは大変に無礼な振舞いである。

そんなことを考えて、ふと思い出した。考えてみたら、彰子に最初に会ったときにも、彼女のほうから声をかけてきたのだ。

それはもう一年ほど前の話で、懐《なつ》かしさを覚えて、昌浩は小さく笑った。

「……どうして、笑うのですか」

耳に馴染《なじ》んだのと同じ声が届いた。柔《やわ》らかく、心持ち籠《こ》もったような声音だ。

ああ、やっぱり違うなと、昌浩は思った。彰子の声と本当によく似ているけれど。声だけだったら間違えてしまいそうだけれど、けれどもやはり、別人の声なのだ。

しかし、昌浩の隣にお座りしていた物の怪は目を丸くしていた。

「いやはや…、こうやって聞くと、ほんとに同じだなぁ」

昌浩は軽く目を瞠《みは》る。そうだろうか。よく聞けばまったく違うのに。

見鬼を持たない中宮の前で物の怪と話をするわけにはいかないので、昌浩は目線だけをやった。物の怪はそれに気づいて、長い耳をひょんと動かす。

「これで顔まで同じなんだから、さだめというのはまったくもってすごいわな」

言ったあとで、物の怪はふと、自分の言葉に引っかかりを覚えた。

「……さだめ？」

さだまらぬ星宿。

まさか。

夕焼けの瞳《ひとみ》を見開いて、物の怪は御簾の向こうを見通すようにじっと凝視《ぎょうし》する。これが彰子であったなら、その視線に気づいて何かしら反応するのだろうが、さすがにそれはない。

物の怪の様子を訝《いぶか》りながらも黙殺《もくさつ》して、昌浩は言葉を選びながら口を開いた。

「……私を呼ばれたのは、なぜでしょうか」

「お、ちゃんと自分のことを『私』と言っとる。進歩だな」

しかし、その進歩が誰《だれ》あろう藤原敏次によって促《うなが》されたという事実が、どうしても釈然《しゃくぜん》としない物の怪である。

「まぁな。あれだけくどくどくどくど言われたら、いくらなんでも身につこうというものか。ああそれにしてもあいつもいい加減こいつのことを認めてもいいのではないかと思うんだが、どうよ、六合」

隠形《おんぎょう》している六合が、一瞬顕現《いっしゅんけんげん》した。といっても見鬼のないものには見えない程度の神気を解放しただけだ。

昌浩と中宮が格子と御簾をはさんで、それなりに緊張《きんちょう》を強《し》いる対面の真っ最中だというのに、随分砕《くだ》けた態度だ。

と、言わんばかりの視線を向けられて、物の怪は眉間《みけん》にしわを寄せる。

「彰子だったら気を遣うさ。でもなぁ、中宮は俺が見えんのだ。以前曲芸を披露《ひろう》して見せたときにもなんの反応もなくて、あれは実に寂《さび》しかった」

回想する物の怪に、六合は呆《あき》れ混じりの息を吐《は》き出した。

「……まったく」

呟《つぶや》くと、物の怪をひょいと持ち上げて東廂に移動する。

「おわっ。何をする、離《はな》さんかっ」

「あれでは昌浩が気になって、まともに話ができん」

「それは本人の集中力の問題だーっ」

吠《ほ》える物の怪をきっぱり黙殺して、六合は物の怪を摑《つか》まえたまま廂の角に腰《こし》を下ろし、高欄《こうらん》によりかかった。物の怪はしばらくじたばたとあがいていたが、やがて諦《あきら》めたのかおとなしくなる。

それを見て、ようやく六合は物の怪を板の上に下ろした。

自由を得た物の怪は、さすがに苦虫を嚙《か》んだ顔をしながらも、六合の隣でおとなしく腰を落とす。

一連の展開を横目で見ていた昌浩は、頰《ほお》が引き攣《つ》りそうになるのを必死で堪《こら》えていた。他の誰にも見えてない一幕だから、ここで笑うわけにはいかない。

誤魔化《ごまか》すように咳払《せきばら》いをして、昌浩は気持ちを切り替《か》えた。内心で、おのれもっくん、あとで覚えてろ、と呟きながら。

幸いにして、中宮はその間ずっと押し黙《だま》っていた。昌浩の言葉に対してどう答えればよいのか、探しあぐねていたのかもしれない。

呼吸を五つは数えた頃《ころ》、ようやく御簾《みす》の向こうから声がした。

「……明け方に」

抽象的《ちゅうしょうてき》な言葉だったが、昌浩にはそれで充分意図が伝わった。彼女の間近には数名の女房《にょうぼう》が控《ひか》えていて、彼女たちにわからないように、だが昌浩には伝わるようにと、考えた果てのひとことだろう。

昌浩は御簾の向こうにいる中宮《ちゅうぐう》をまっすぐ見返した。格子と御簾に阻《はば》まれて見えないが、彰子と同じ姿の少女を思い描《えが》くことはたやすかった。

「病が篤《あつ》いと伺《うかが》っておりますのに、早々と目を覚まされているのですね。何か、御覧《ごらん》になりましたか」

普段《ふだん》の昌浩の口調より、ずっとしゃちこばって硬《かた》い物言いだ。昌浩は努めてそう心がけている。何せ、女房たちが息をひそめて耳を澄ませている。へたなことを口走らないように、必死だった。

遠目にそれを見ていた物の怪と六合は、あとで反動がくるだろうと予測した。

「……陰陽師《おんみょうじ》」

昌浩は目を細めた。ついと頭を下げて、そっと返す。

「はい。――陰陽師は、帝《みかど》を、ひいては…土御門《つちみかど》の姫《ひめ》を、お守りする所存にございます」

はっと息を呑む気配が伝わった。かたりと、扇《おうぎ》を取り落とす音が響《ひび》く。

「東三条とは随分《ずいぶん》勝手が違いましょう。それに、中宮の里はこの土御門。藤壺《ふじつぼ》とともに、これよりは馴染みの深くなる邸《やしき》であらせられますゆえ」

ふいに、格子に御簾が押しつけられた。御簾の向こうに少女の手のひらの影《かげ》がはっきりと見える。

中宮章子はこれ以上ないほどに目を見開いて、昌浩を見つめていた。瞬《まばた》きを忘れた瞳が、大きく震《ふる》えている。

章子は昌浩の言葉で確信した。東三条殿《でん》は、彰子の生まれ育った邸だ。中宮は、章子は、東三条殿を知らない。彼は、中宮が東三条殿で生まれた彰子ではなく、別の姫だということを知っているのだ。

だから、彼女を土御門の姫と呼んだ。東三条の姫ではなく、土御門の姫と。

周囲に控える女房たちには決してわからない、真実を知る者だけに意味の通じる言い回しでもって、自分がそれを知っていると暗に告げたのだ。

「…………っ」

ああ、やはり。あの朝、この邸の異変を解いてくれたのは、この少年。恐怖《きょうふ》の底で喘《あえ》いでいた自分を、その檻《おり》からすくい上げてくれたのだ。

喉《のど》の奥に声が絡《から》まる。堪えなければ、泣き出してしまいそうだった。

この人は、自分が『彰子』ではなく『章子』であると知った上で、助けてくれたのだ。

入内してからというもの、彼女は偽《いつわ》りの名を呼ばれながら生きなければならなかった。

それまでに培《つちか》ってきた十二年の記憶《きおく》も生き方も、何もかもを真《まこと》の名とともに封《ふう》じて。それは理解できていたことだ。納得《なっとく》もしていた。だが、頭でわかっていても、ときには胸が張り裂《さ》けそうになる。

誰もが彼女を「藤原家の一の姫」と扱《あつか》う。名を呼ばれることは決してなく、中宮と、帝の后《きさき》としてのみ扱う。だが今上《きんじょう》の帝には深く愛する皇后がおり、彼女は親王と内親王を儲《もう》けている。まだまだ成熟していない自分の許《もと》に、帝は一度も訪《おとず》れていない。

極《ごく》たまに訪れる父も彼女を『彰子』として扱う。当然だ。自分は身代わり。彰子として入内《じゅだい》した。そう扱わなければ不審《ふしん》に思われる。

東三条殿に住む者たちは、いまも入内したのは彰子だと信じている。章子のことを知る者は、いないのだ。

そういったすべての事象が、彼女の立《た》つ瀬《せ》を危《あや》うくしていた。自分自身が誰なのか、彼女はときどきわからなくなっていたのだ。

「……わ…たくし…は…」

震える声で言い募《つの》ろうとして、章子はぐっと唇《くちびる》を噛んだ。

女房たちがいるこの場所で、思うことすべてをつまびらかにすることはかなわない。それが口惜《くちお》しくて、悲しくて、涙《なみだ》がこぼれそうだった。

その思いを感じ取ったのか、御簾の向こうにいる陰陽師が静かに告げる。

「御安心なされませ。……約束を違《たが》えることは、決してないのだと、申し上げます」

章子はたまらずに顔を覆《おお》った。か細い肩《かた》が打ち震える。

突然《とつぜん》の事態にぎょっとした女房が血相を変えた。

「中宮!?」

「陰陽師殿《どの》、何を申されたのじゃ！」

中宮の背後に並んでいた几帳《きちょう》の陰《かげ》から、幾《いく》つかの人影が飛び出してくる。それを止めたのは、中宮自身だった。

「いいえ、いいえ。なんでもないのです。ただ……安堵《あんど》して」

それまでずっと張り詰《つ》めていた糸が切れてしまった。とめどなくあふれる涙を唐衣《からぎぬ》の袂《たもと》で何度もぬぐいながら、中宮章子は御簾の向こうにいる少年に微笑《ほほえ》んだ。

「……ありがとう…。よかったら、またいらしてください。昌浩様」

名前を呼びかけられた昌浩は、さすがに少し驚《おどろ》いた。だがすぐ我に返り、お望みとあらば、と返して礼をする。

それが、対面の幕引きとなった。

待ってくれていた行成に徒歩で帰る旨《むね》を告げると、行成は残念そうなそぶりを見せたが快く諒承《りょうしょう》してくれた。

牛車《ぎっしゃ》で送ってもらうのは居心地《いごこち》が悪いし、遠回りになって行成に迷惑《めいわく》だ。

「車之輔だったら遠慮《えんりょ》なんてないんだけどな」

土御門大路をてくてくと西に向かう。このまま直進すると大内裏に突《つ》き当たるのだ。別に仕事は残っていないから、その途中《とちゅう》にある安倍邸《てい》にすんなり帰れる。

夏至《げし》を過ぎたばかりなので、日が大分高い。土御門殿を辞するときに時刻を尋《たず》ねたら、申《さる》の刻を半ば過ぎていた。

まだ日暮れまでは一刻近くある。

手のひらをかざして傾《かたむ》きかけた太陽を見上げた昌浩は、感慨《かんがい》深そうに呟《つぶや》いた。

「わー、今日は天気がよかったから夕焼けが綺麗《きれい》になりそうだねぇ」

昌浩の足元で同じような体勢を取った物の怪が、応じて笑う。

「だな。明日も天気がよさそうだ。……どうだ、車之輔に乗って貴船に行ったら。いまくらいだったら螢《ほたる》が最盛だ、喜ぶぞ」

昌浩の表情が翳《かげ》った。気づいた物の怪は怪訝《けげん》そうに首を傾《かし》げる。

「……なんだ、浮《う》かない顔だな」

物の怪を見下ろして、昌浩は複雑そうな顔をした。

「うん……。願《がん》を、かけようかと思って」

「願？」

聞き返す物の怪をひょいとすくい上げて、肩に乗せるようにする。器用に背中から逆の肩に回りこみ、夕焼けの瞳《ひとみ》が昌浩の顔を覗《のぞ》きこんだ。

物の怪はそのまま黙って昌浩の言葉を待っている。

「……彰子には申し訳ないなと思うんだけど、さ。やっぱり、いまは、そんなことはしてられないなと思う」

そこにこめられている意味を正確に理解して、物の怪は苦いものを含《ふく》んだような表情を作った。

「……そんなこと言い出したら、晴明に言われるのが落ちだぞ」

「なんて？」

「たわけ」

――たわけ。そんなくだらんことを考える間があったら、さっさと彰子様と螢狩《が》りでもなんでも行ってこんか！

飄々《ひょうひょう》とした祖父の声が聞こえた気がして、昌浩はなんとも言いがたい目で苦笑《くしょう》した。確かに、祖父だったら絶対にそういうだろう。あのしわだらけの目許を細めて、いつものように閉じた扇をいつものようにぱたぱた振《ふ》りながら。

いついかなるときも、晴明はそういう態度を崩《くず》さない。そうして、癇《かん》に障《さわ》っていきり立つ昌浩の反応を楽しんでいるのだった。

晴明の言動はいつも昌浩の神経を逆撫《さかな》でして、腹が立って腹が立って仕方がない。いつか絶対に負かしてやると、そのたびに拳《こぶし》を握《にぎ》り締《し》めて誓《ちか》ったものだ。

その思いはいまも消えてはいない。

歩き出しながら、昌浩は自分自身に言い聞かせるようにした。

「絶対負かしてやるんだ。……だから、生きててもらわなきゃ困る。勝ち逃《に》げなんて、させるかよ」

真剣《しんけん》な目だった。

物の怪は間近でそれを見ながら思った。

たぶんこの子どもは、自分たちよりもずっと強く晴明の延命を願っている。

十二神将たちとて想《おも》いは同じだ。だが、ここまでがむしゃらにこいねがうことはできない。

人の心は本当に、これほどに強く、これほどに優《やさ》しく、そして、些細《ささい》なことで立ち直れないほどに傷つきやすく、脆《もろ》いのだ。

物の怪は正面に視線を滑《すべ》らせた。

何年一緒《いっしょ》にいても、新たな発見がある。人間という存在は、十二神将には完全には理解し得ない生きものなのかもしれない。

天地開闢《てんちかいびゃく》の頃《ころ》から生きる貴船の祭神が感嘆《かんたん》するほどに、人間は果てのない心の持ち主なのだから。

願いはかなうだろうか。

十二神将の願いは、どこまで聞き届けてもらえるのか。

神族に連なるとはいえ、自分たちは何もできない。変えられぬと言われた星宿を唯々諾々《いいだくだく》と許容して、拳を握り締めているだけの存在でしかない。

彼らがその殻《から》を打ち破るためには、人の心こそが鍵《かぎ》となる。

生まれ落ちてより幾星霜《いくせいそう》もの長きにわたり、孤独《こどく》を孤独と知ることすらなく心を凍《い》てつかせていた騰蛇を、いともたやすく変えたように。

8

◆

◆

◆

さぁ、その胸に刻むがいい。
お前の命はそのために残される。
さぁ、よく見るがいい。
これが、お前を終世縛《しゅうせいしば》るものだ。
忘れてはならない。
忘れてはならない。
そのために、我らはお前を存《なが》えさせる。
その胸に刻み込め。
その瞼《まぶた》に焼きつけておけ。
憎《にく》しみを、恨《うら》みを、それだけを糧《かて》として生きよ。

そうでなければ、お前が生きる意味はない。

忘れてはならない。

決して。

決して――――。

◆　◆　◆

夜が更《ふ》けて、中宮《ちゅうぐう》章子は帳台《ちょうだい》の中で身を起こしていた。

夕刻のことを思い出す。

格子《こうし》と御簾《みす》越《ご》しに対面した陰陽師《おんみょうじ》、安倍昌浩は、章子を守ると約束してくれた。

彼女はほっと息をついた。

ここ数日、恐《おそ》ろしい夢を見るのだ。闇《やみ》の中で立ちすくんでいると、耳の近くで恐ろしい声がささやく。

何を告げられているのかは、目覚めると忘れてしまう。だが、本当に恐ろしくて、恐ろしくて、眠《ねむ》るのが怖《こわ》くて仕方がない。

極力眠らないようにしていたせいで、快復が大幅《おおはば》に遅《おく》れた。

「……でも」

ひっそりと呟いて、単衣《ひとえ》の腕《うで》を掻《か》き抱《いだ》くようにする。

快復すれば、即座《そくざ》に内裏《だいり》の藤壺《ふじつぼ》に戻《もど》るための采配《さいはい》が為《な》されるだろう。新造されたばかりの藤壺は風通しもよく日当たりもよかったが、明らかに澱《よど》むものがあった。

章子には見鬼《けんき》の才などない。だが、この年頃の少女がそうであるように、人の感情に過敏《かびん》に反応した。

彼女は決して歓迎《かんげい》されてはいない。そう肌《はだ》で感じ、彼女は身の縮む思いでそれに耐《た》えなければならなかった。

内裏には皇后以外にも女御《にょうご》が数名入っている。左大臣の権勢を慮《おもんぱか》って、今上がその女御たちの元に通うことはなくなっていた。それぞれの女御に仕える女房《にょうぼう》たちにとってしてみれば、それは耐えがたい屈辱《くつじょく》であった。

皇后定子《さだこ》はもはや別格だ。年上で思慮《しりょ》深く、慎《つつ》ましやかで聡明《そうめい》な定子を、今上はことのほか寵愛《ちょうあい》している。彼女が出家したあとにもその寵はますます強まって、還俗《げんぞく》させて子を生《な》すほどなのだ。

定子に勝てるなどとは、はなから考えてない。考えたのは、どうすれば彰子の代わりに、父の意に副《そ》うよう帝《みかど》の寵を得られるかだった。

会ったこともない相手だが、父の道長《みちなが》がそれを望んでいる。彰子本人が入内していたとしても、最たる大事はそれだったろう。

そう思いめぐらせて、章子はふと疑念を感じた。

「……なぜ…彰子様は入内がかなわなくなってしまったのかしら…」

ひっそりとした呟《つぶや》きは、無意識の内に漏《も》れていた。

章子ははっと周囲を見渡した。女房たちに聞かれていたら、大変だ。

だが、幸いなことに聞こえる位置には誰《だれ》の姿もなかった。

章子は息をついた。よかった。この秘密だけは、生涯《しょうがい》誰にも知られてはならないのだ。

「そろそろ休まないと…」

横になろうとして、彼女はふと後ろを振り返った。

「…………?」

人の気配がした気がしたが、気のせいだったのか。

夜間は衛士が定期的に巡回《じゅんかい》している。それだったのかもしれない。

広い寝殿《しんでん》の中で就寝《しゅうしん》するのは章子だけだ。ほかの女房たちは、廂《ひさし》を仕切ってそこで休む。いつもだったら宿直《とのい》の女房が帳台から離《はな》れた場所に端座《たんざ》して、中宮に異変がないよう目を光らせているのだが、いまは席をはずしているようだった。

念のため辺りを見渡して、章子は茵《しとね》と畳《たたみ》の間に指を差し入れた。白いものを引っ張り出して、両手で戴《いただ》くようにする。折り目に沿ってたたまれている箱をそっと開くと、中には数枚の欠片《かけら》のようなものが入っている。

それは、安倍昌浩が去ってから、彼がいた場所に置き去りにされていたものだ。料紙で折られた小さな箱に、薄《うす》い紫《むらさき》の花びらが数枚入っていた。

発見した女房が呆《あき》れ半分、諦《あきら》め半分といった体で息をついていた。

「置き忘れていかれてはどうしようもありませんわ。それが花弁ならばなおのこと。風でも吹《ふ》き込んでまいりますもの」

なんの花弁かはわからなかったが、章子の姓《せい》である藤とよく似た色だった。

風が吹き流してきたのではないかと思わせるように。だが、風が吹き流してしまわぬように。

白い料紙で折られた素朴《そぼく》で小さな箱は、あまり折り目が整っていなかった。

何度か折り直した跡《あと》もある。きっと慣れない手つきで折ったのだろう。そんなことまで想像ができて、章子は仄《ほの》かに笑った。

こんなふうに穏《おだ》やかな気持ちになるのは、どれくらいぶりだろう。

いつもいつも追い詰《つ》められるような心境で、押し潰《つぶ》されそうになるのを懸命《けんめい》に堪《こら》えていた。

土御門殿《でん》にいる間だったら、また彼に会うことができるだろうか。

安倍昌浩という陰陽師に会ってみたいと恐る恐る頼《たの》んだ章子に、道長は驚《おどろ》いた顔を見せたものの、すぐに諒承《りようしよう》してくれた。

そして、あの明け方に見た彼の面差《おもざ》しと、夕刻に現れた少年の相貌《そうぼう》は一致《いっち》した。

あなたを守ると約束した、陰陽師。

その言葉どおりに、昌浩は自分を守ってくれるのだろう。あの恐ろしい内裏に戻っても、きっと。

花弁を一枚取り出してしげしげと見つめる。燈台《とうだい》の灯《あか》りはぼんやりとあたたかく、薄紫をもっと赤みの強い色に見せてくれる。

「…………」

燈台の炎《ほのお》が唐突《とうとつ》に揺《ゆ》れた。じじ、と音を立てて、炎が掻き消える。白煙《はくえん》が立ち昇《のぼ》る様がかすかに見えて、章子は反射的に振《ふ》り返った。

風が吹き込んできただけだ。夏の間、蔀《しとみ》は格子に替《か》えられ、暑気を逃《のが》すため常に風の通り道を確保する。御簾を下げているので建物の中が丸見えになってしまうことはない。必要ならば壁代《かべしろ》や屏風《びょうぶ》、几帳《きちょう》も室内に配する。

彼女の帳台の周りには、適度に風が通るよう道が作られながらも、絶対に覗《のぞ》かれないよう絶《ぜっ》妙《みょう》な角度で几帳と壁代が配されていた。隙間《すきま》は風が通るだけ。何者も無断で入ってくることはできない。

できないとわかっているのに、人の気配があった。

章子は息を詰めた。

寝《やす》むため、彼女は単衣一枚の姿だ。寝具代わりの袿《うちぎ》を摑《つか》もうとしたものの、意に反して指がうまく動かない。

そのときになって初めて、彼女は自分が絶え間なく震《ふる》えていることに気がついた。

指の先が冷たくなっている。震える指から紙の箱が滑《すべ》り落ち、袿の上に数枚の花弁が散った。

闇の中に、誰かがいる。

女房だろうか。いいや、女房の誰かであれば、まず声をかけてくるはずだ。それに、灯りを持っているはず。

「……だ……れ……」

懸命に絞《しぼ》り出した声はかすれていた。心臓が早鐘《はやがね》を打ち、すうっと血の気が引いていく。

帳台の三方を覆《おお》う帳《とばり》が揺れた。正面の帳が無造作に上げられる。

向こう側は闇だった。少なくとも、彼女の目にはそれしか見えなかった。

彼女には見鬼の才がないので。

「……ふうん。まったく見えないわけだ。そりゃあ怖いだろうなぁ」

楽しそうに呟いて、凌壽は帳台の中に滑り込んだ。ぱさりと帳が下りる。

目の前にいる少女は怯《おび》えきった様子で視線を彷徨《さまよ》わせていた。見えはしないが、さすがに何かが入ってきた、と予想することはできているのだろう。

「こんなに怯えるまだ子どもに、あの丞按は何をしようというのかね」

心底楽しげに笑って、凌壽は章子の目の前で膝《ひざ》を折る。

「見えないと怖いかなぁ。じゃあ、見えるようにしてやろうかなぁ」

そんなことは造作もない。徒人《ただびと》の目にも映るように、放つ力を強めてやればよいだけだ。

あまりにも少女が怯えているので、彼は優《やさ》しいところを見せることにした。

突如《とつじょ》として、眼前に異様な風体の男が現れる。それまで何もいなかったはずの場所に、のびるに任せたような長い髪《かみ》の怪《あや》しい男が、奇妙《きみょう》に白い顔で自分を凝視《ぎょうし》しているのだ。

恐怖《きょうふ》に目を剝《む》く章子に迫《せま》り、凌壽は穏やかにも聞こえる声音《こわね》で言った。

「望みをかなえたんだから、もういいよなぁ……？」

声にならない悲鳴が、夜闇《よやみ》を縫《ぬ》って木霊《こだま》した。

そろそろ寝るかなぁと考えていた昌浩は、異様な妖気《ようき》を感じて身を翻《ひるがえ》した。

考えるより先に体が動く。部屋を駆《か》け出して庭にはだしで飛び降り、遅《おく》れてきた物の怪に振り返る。

「どうした？」

「視線…いや、殺気、かも」

十二神将が気づけなかった妖気。ということは、十中八九天狐《てんこ》のものだ。

妖気が注がれたのはほんの一瞬《いっしゅん》で、いまは掻《か》き消えている。

嫌《いや》な感じだ。挑発《ちょうはつ》されている気分になる。

苛立《いらだ》たしさを隠《かく》そうともせずにしている昌浩に、顕現《けんげん》した勾陣が近づいてきた。

「昌浩、何を焦《あせ》っている」

「焦ってるんじゃない。……ただ、思うところがある」

「思うところ？」

問い返したのは物の怪で、勾陣は黙《だま》ってつづきを促《うなが》している。それまで隠形《おんぎょう》していた六合も顕現してきた。

昌浩は三人を交互《こうご》に見やる。

「……あくまでも仮定だ。たとえば、たとえばだから、ほんとに」

「いいから、さっさと話せ」

逡巡《しゅんじゅん》している昌浩の背を押す形で物の怪が口を挟《はさ》むと、彼は言い澱《よど》んだあとで突拍子《とっぴょうし》もないことを言い出した。

「天狐が、神にも通じる妖《あやかし》で、俺たちの中にその血が流れていて、それが命を削《けず》るんだろ？　だったら、もしかしたら天狐は、それを止める術を知らないかと思って……」

これは、意表を突《つ》く発想だった。

さしもの物の怪と勾陣も、言葉が出てこない様子で互《たが》いの目を見返している。六合だけは無反応に見えたが、黄褐色《おうかっしょく》の瞳《ひとみ》は確かに動いていた。

先ほど感じた妖気が首の辺りに突き刺《さ》さっているような気がして、昌浩はそこを手のひらで押さえた。

凌壽の妖力は桁外《けたはず》れに強かった。自分の中にある血の力などはるかに凌駕《りょうが》しているだろう。そして、祖父の晴明は、そんな自分より色濃《いろこ》い血を引いている。それが、祖父の命を着実に削るのだ。

だが、と昌浩は考えた。

天狐がそれほどの力を持っているならば、逆にそれを利用できないか。

貴船の祭神高龗神は、晴明の天命に手出しできないという。だが天狐は神に近しいだけで神ではない。甚大《じんだい》な通力を持っている、妖に過ぎないのだ。

「じい様の命を削る血の力を消すとか、そういうことができるんじゃないかと思って……」

まぁ、思っただけだし、確証もないし、何よりも天狐凌壽が簡単にそんな方法を教えてくれるわけはないのだが。

何しろ青龍がかなわなかったほどの相手だ。

昌浩は青龍がどれほどの通力を有しているのか知っている。本人から聞いたわけではない。青龍は相変わらず昌浩とろくに顔を合わせることもないし、同席することを極端《きょくたん》に嫌《きら》うからそんな機会があるわけはない。

教えてくれたのは勾陣と六合だった。もっとも、ほとんどは勾陣の言で、六合はときたま補足するように言葉を挟んでくるだけだったのだが。

昌浩の視線がひっきりなしに上下するので、物の怪は肩《かた》をすくめると、助走もなしに勾陣の肩に飛び乗った。昌浩が話しやすいように仲間たちとの目線を合わせたのだ。

案の定、昌浩は目線を上に固定した。

「青龍とじい様でもやられる寸前だったって聞いたけどさ、紅蓮と勾陣と六合だったら、生け捕《ど》りにできないかな」

十二神将最強と、それに次ぐ凶将《きょうしょう》だ。そのあとに青龍が位置し、六合は四番手になるのだという。

余談だが、六合がまとうあの霊布《れいふ》や甲冑《かっちゅう》、胸元《むなもと》に見える鎖《くさり》などはすべて、戦闘《せんとう》時に神通力の不足を物理的に補うためのものだという。言われてみれば、ほかの闘将たちに比べて六合の装備は極端に多い。左腕《ひだりうで》にはめられた銀輪の変化した槍《やり》だけでは足りないらしい。

ずっと以前に自分は戦いに向いていないと漏《も》らしていたことがあるのだが、それは別に謙遜《けんそん》でもなんでもなく、本人の感覚の中では真実だったわけである。

もっとも、四番手であろうと装備が多かろうと、闘将の格を持っているのは彼とてほかの三人と同じ。以下の十二神将たちと比較《ひかく》した場合、その通力は桁違《ちが》いに強い。大剣《たいけん》を持つ朱雀や竜巻《たつまき》の鉾《ほこ》を自在に操《あやつ》る太陰、波濤《はとう》の戟《げき》と楯《たて》を使い分ける天后、風の刃《やいば》で敵を薙《な》ぎ払《はら》う白虎でも、六合には及《およ》ばない。

判断基準をどこに据《す》えるかで印象が変わるといういい見本だ。

「凌壽の妖力がどの程度なのかは、あんまりよくわかってないのが実際のとこだけど。でも、紅蓮と勾陣だったら何とかできないかな、て、思った」

そして、それがかなわないとき、晴明の天命は確実に尽《つ》きる。

それは、恐《おそ》ろしく勝率の低い賭《か》けのようでもあった。凌壽をもし捕《と》らえることができたとしても、彼が晴明の命を救う手立てを知っている保証はどこにもない。

それでも昌浩は、時が過ぎていくのを手をこまねいて見ているわけにはいかなかった。

何度式盤《ちょくばん》に星宿を問うても、高淤の神が示したことの結果は映らない。星宿がさだまっていないのか、それとも単純に自分の力不足なのか。それすら判断がつかない状況《じょうきょう》で、すがれるものがあるならば食らいついてでもと思うのは、極《ごく》当然の心情だろう。

神将たちの目をじっと見つめて、昌浩は思いつめたように拳《こぶし》を握《にぎ》った。

「だめかな。無謀《むぼう》なのはわかってる。でも、何もしないでいるよりは、ましだと思ったんだ」

つたない言葉だからこそ、その真剣《しんけん》さと必死さが伝わってくる。

物の怪の夕焼け色の瞳が、思案に暮れて僅《わず》かに細められる。勾陣もまた同様だ。黒曜の双眸《そうぼう》に様々な感情が広がるのが見えた。あまり感情を映さない六合でさえ、逡巡の色があった。

迷っている。当たり前だ。こんな突拍子もない、ばかげた話を支持してくれるとは思えない。

苦労して天狐を囚《とら》えても、思いどおりにことが運ぶわけもない。

けれど、これが昌浩が散々悩《なや》んで、考えに考えて到達《とうたつ》した結論でもあったのだ。高淤の神は頼《たよ》れない。冥府《めいふ》につながる川のほとりにいる人は、そんな力は持っていないだろう。そして、未熟で半人前の自分には、陰陽《おんみょう》の秘術で祖父を延命させるという大技《おおわざ》を使うこともできない。

いまの自分に、離魂《りこん》術を用いて晴明が取る年若い姿の頃《ころ》の力があったならと、ときどき考える。そうしたら、これほどに迷わずにすむだろうか。迷い路《じ》のなかであてもなく彷徨《さまよ》って、行く手を遮《さえぎ》り視界を閉ざす漆黒《しっこく》の帳《とばり》を切り開くことができるだろうか。

もしもを談じる暇《いとま》などありはしないけれども、考えずにはいられない。

「……俺にできることならば、できるだけのことをする。六合に勾よ、お前たちは」

心を決めた物の怪の言葉に、勾陣もまた頷《うなず》いた。

「ああ。昌浩がそうしたいと言うなら、力を貸そう」

「俺もだ」

ふたりの返答を聞いて、昌浩はほうと息を吐《は》き出した。

無茶《むちゃ》をいっている自覚はある。それをわかっているのにあえて諒承《りょうしょう》してくれる神将たちの気《き》遣《づか》いが、嬉《うれ》しかった。

「ありがとう」

顔をくしゃくしゃにする昌浩の額を軽く小突いて、勾陣が笑う。

「では、さっさと寝《やす》め」

「うん、そうする」

ひと段落したのを見届けて、六合が隠形する。

おとなしく簀子《すのこ》に上がって足裏の土を払っていた昌浩の耳に、甲高《かんだか》い声が飛び込んできたのはそのときだった。

「おーい」

「おーい」

「おーい」

「孫ー」

昌浩はくわりと目を剝《む》いた。

「孫言うな――っっっ！」

がおうと吠《ほ》えて憤然《ふんぜん》と肩を怒《いか》らせる昌浩を見下ろしながら、物の怪は前足で器用に額を押さえた。

「ああ、さっきまでの真摯《しんし》な表情とそこに付随《ふずい》する感動はどこへ……」

物の怪の言いぐさに苦笑《くしょう》して、勾陣は視線を滑《すべ》らせる。

築地塀《ついじべい》の向こうで、都に住まう雑鬼《ざつき》たちがぴょんぴょんと飛び跳《は》ねながらぱたぱた手を振《ふ》っているのが見えた。

昌浩は自室に飛び込んで唐櫃《からひつ》を開き、夜警用に部屋に隠している沓《くつ》を引っつかんで出てきた。

その沓を履《は》いて塀《へい》の近くまで駆《か》け寄ると、声を張り上げた。

「何度も何度も何度も何度も繰《く》り返すが、いちいち孫言うなっ！」

晴明を助けたいという想《おも》いと、これとは別物である。孫と言われればやはり腹が立つのだ。

「だってよー」

「やっぱり呼びかけはー」

「大事だろー」

「なー」

口々に好き勝手なことを言う雑鬼たちに対し、昌浩は憤然と抗議《こうぎ》した。

「名前というのは一番短い呪《しゅ》だ！　それを、言うに事欠いて孫言うな！」

しかし、怒鳴《どな》られている雑鬼のほうはけろりとしたものだ。

「あーそうそう、俺もなー」

「この間お姫《ひめ》に名前もらってさー」

「いーんだーいーんだー」

「うらやましーなー」

猿《さる》に似た三本角の妖と、一本角の丸い妖が上機嫌《じょうきげん》で笑っている。

「うほほほ、いーいだろー」

「さすがは安倍の嫁《よめ》ー」

ここまでくると怒りを通りこして呆《あき》れに成り代わる。昌浩は半眼で雑鬼たちを睨《にら》むと、手のひらを返して人差し指をくいくいと曲げ、とにかく入って来いと態度で示した。

安倍邸《てい》の結界は強靭《きょうじん》にして堅固《けんご》だが、家人の許しがあれば妖でも結界の内に入ることができる。四匹《ひき》の雑鬼は勢いよく跳躍《ちょうやく》して築地塀を飛び越《こ》えた。

着地地点を予測した昌浩は、あらかじめ数歩後ろに下がる。

「お、学習したなぁ」

感心しているのは勾陣の肩《かし》に乗ったままの物の怪だ。昌浩のすぐ近くまで足を進めた勾陣は、雑鬼たちを一瞥《いちべつ》して首を傾げた。

「随分《ずいぶん》数が少ないな」

「おうよ。あまりにも大多数で来ると、気を遣わせるからな」

「俺たちおくゆかしいから、遠慮《えんりょ》したんだ」

「その代わり、精鋭《せいえい》だぞ」

「なんたって代表だからな」

胸を張る雑鬼たちである。何が精鋭だ、と昌浩は額に青筋を浮《う》かべてひとりごちた。

雑鬼たちの目線に合わせて膝《ひざ》を折り、昌浩は不機嫌そうに言った。

「で、なんだよ。お前ら毎回毎回厄介《やっかい》ごとを持ってくるけど、今回もそうじゃないだろうな」

「あ、なんだよー。せっかく親切に報《しら》せにきてやったのに。あとな、これからは俺のことは猿《えん》鬼《き》と呼べ、猿鬼と。こっちは一《ひと》つ鬼《き》な」

猿もどきの妖《あやかし》と一本角の妖だからだろう。安直だが大変そぐった名前ではある。

彰子の感性をほめるべきだろうか。悩むところだ。

埒《らち》もないことをつらつらと考えながら、昌浩は眉《まゆ》を吊《つ》り上げた。

「そう呼んでほしいなら、俺のこともちゃんと名前で呼べ。交換《こうかん》条件だ」

「だったら別にいいやぁ」

猿鬼と一つ鬼が軽やかに前言を翻《ひるがえ》したので、昌浩は思わずくずおれそうになった。

随分お気楽な。名前というのは一番短い呪で、名づけてもらったというのは個を認められたということだから、相当嬉しかったと思うのだが。違うのだろうか。

「だってさ、お姫はちゃんと呼んでくれるから」

「そうそう。ほかの誰《だれ》が呼ばなくたって、お姫は絶対に呼んでくれるからな」

な、と互《たが》いに頷きあう雑鬼の姿に、昌浩は突然《とつぜん》中宮章子を思い出した。

なんの脈絡《みゃくらく》もないのに、どうしてだろう。

初めはそう思った。しかし、なぜ浮かんだのか、昌浩はやがて理解した。

彼女は生涯《しょうがい》、自分の本当の名で呼ばれることはないのだ。中宮、あるいは『彰子』と、地位の呼称《こしょう》だったり偽《いつわ》りの名だったり。個を確かなものにする唯一《ゆいいつ》のものが彼女にはもうない。

こんな都の雑鬼ですら、名前をもらったと、呼んでもらえると、喜ぶのに。

誰一人として、彼女自身さえも、真実の名を口にすることはないのだ。

ああ、そうか。彰子はこのこともわかっていたのかもしれない。だからこそ、もしも会えたいる。


ら優《やさ》しくしてあげてと、そう言ったのか。

感慨《かんがい》にひたっていた昌浩は、後ろから小突《こづ》かれて我に返った。後ろ頭を押さえて肩越《かたご》しに顧《かえり》みれば、いつの間にか地面に飛び降りていた物の怪が直立している。

「考えるのは後回しにして、さっさと用件を聞けって」

「あ、そうか」

そのことにようやく思い当たった昌浩は、雑鬼たちに向き直って半眼になった。

「というわけで、用件はなんだ」

猿鬼が手をぽんと叩《たた》いた。

「おお、そうだったそうだった」

「黄昏時《たそがれどき》にな、おっかない人間もどきが、今日お前が行ったばかでかい邸《やしき》の近くにいてな」

「なんか様子が怖《こわ》かったから、報せたほうがいいかと思ってさ」

「何せ俺たち臆病《おくびょう》だからさー。怖い奴《やつ》がいるとおちおち夜寝《よるね》もできないんだよなー」

最初は話半分のつもりで聞いていた昌浩だったが、雑鬼たちが話し終える頃には真剣《しんけん》な表情になっていた。

雑鬼たちの言うところの「おっかない人間もどき」というのは、なんだ。

昌浩はごくりと喉《のど》を鳴らした。

「それ…、血の気のない白い肌《はだ》で、鉛色《なまりいろ》の目をしてて、のびるに任せたような黒髪《くろかみ》の男…?」

猿鬼が大きく頷いた。

「おお、それだ」

昌浩は背後の神将たちを振り返った。隠形《おんぎょう》していた六合が彼らの隣《となり》に顕現《けんげん》する。

「もっくん、勾陣、六合！」

最後まで言う前に、神将たちは無言で頷いた。


「お前たちさっさとねぐらに戻《もど》れよ！」

三神将とともに塀を越えて飛び降りる寸前、昌浩は雑鬼たちに釘《くぎ》を刺《さ》した。

「おう」

「安心しろ」

「行ってこい」

「気をつけてな」

なぜかぱたぱた手を振って見送ろうとしている雑鬼たちだ。彼らが出て行くのを見届けている余裕《よゆう》はない気がして、昌浩は焦《じ》れたような顔をしたが、そのまま塀を飛び降りて土御門大路を駆け出した。

足音が遠のいていくのを聞き、雑鬼たちはめいめい帰り支度《じたく》をはじめる。

二匹がよいしょと塀に飛び乗った。そのあとにつづいてくるものだとばかり思っていた猿鬼と一つ鬼は、しかしその場を動かない。

「どうしたんだ?」

「帰らないと、ほかの式神とかが出てきてこっぴどく叱《しか》られるぞ」

仲間の言葉に、猿鬼はにまっと笑った。

「いや、ちょっとお姫に挨拶《あいさつ》だけしとこうかと思ってな」

「やっぱりさ、ここまできてるのに何も言わないで帰るってのは、礼儀《れいぎ》を重んじる妖《あやかし》精神《せいしん》にもとると思うわけよ」

一つ鬼があとを引き継《つ》いで、二匹はくるりと踵《きびす》を返した。

たかたかと庭の奥に駆けていく仲間の後ろ姿を見ながら、二匹はどうしたものかと顔を見合わせた。そして、同時に口を開く。

「あ、おーい……」

「……俺も、名前ほしいなぁ」

少しうらやましい。あとでお姫か孫に頼《たの》んでみよう。

「晴明に頼むのは、なんか重いしなぁ」

「そうそう。あと、式神たちがおっかないからな」

自分たちを差し置いて、と殺意のこもった視線が突き刺さってくること請《う》け合いだ。

猿鬼たちも用がすんだら戻ってくるだろう。

彼らはぴょんと塀《へい》から飛び降りた。結界壁《へき》を抜《ぬ》けたので、戻ることはもうできない。

夜闇《よやみ》の中に、二匹の姿がとけていった。

一方、安倍邸の奥へと通じる庭をたどっていた猿鬼と一つ鬼は、目指す部屋の前にたどりついた。

「おーい、お姫ー」

「お姫ー。起きろー」

声をかけてしばらく待つ。閉ざされた妻戸の向こうで、人の動く気配がした。それと、人ならざるものの気配も。

「ああ、式神だ」

「……困ったなぁ……」

ぽつりとした呟《つぶや》きが、風に紛《まぎ》れてひっそりと消える。

もう少し待つと、かたりと音がして妻戸が開かれ、単衣《ひとえ》の肩に袿《うちぎ》をかけた彰子が現れた。眠《ねむ》っていたのか、少しはれぼったい目をこすっている。

「……なぁに？」

半分寝ているような声だ。彼女の後ろに朱雀と天一がいる。気分を害した風情《ふぜい》に見えるのは、気のせいではないだろう。

しかし二匹の雑鬼は構わぬ様子で彰子に手招きして見せた。

「ちょっとちょっと」

「なに？」

「いいからいいから」

しきりに招かれて、彰子は訝《いぶか》しんだ。が、言うとおりにしないと寝かせてもらえないと思ったのか、招かれるままに庭に下りる。

猿鬼が彰子の手をしっかりと握《にぎ》ってぐいぐいと引っ張りはじめた。

「こっち、こっちだ」

「え？　ねぇ、どこに行くの？」

慌《あわ》てる彰子の単衣の裾《すそ》を、一つ鬼が摑《つか》んでいる。

「ちょっとな。そら、門だ」

一つ鬼はぴょんと跳《と》び上がっていち早く門前に到達《とうたつ》すると、小さな体で門扉《もんぴ》を押し開けた。人がひとりかろうじて通れるほどの隙間《すきま》を作ると、一つ鬼はそこから外に転げ出る。

猿鬼は彰子の手を摑んだまま歩調を速めていく。さすがに異変を感じて、彰子は後ろを振《ふ》り返った。

雑鬼の他愛《たわい》ない悪戯《いたずら》と見ていた朱雀と天一だったが、彰子の顔を見てはっと事態に気がついた。

「彰子姫《ひめ》、お戻りを…！」

天一が声を上げる間に、朱雀が駆けてくる。

しかし、朱雀が追いつくより早く、門扉の隙間から猿鬼と彰子が外に抜け出た。

その向こう。門扉の隙間に、人影《ひとかげ》がある。

「………っ！」

天一は声にならない悲鳴を上げた。

ざんばらの黒髪に縁取《ふちど》られた屍蝋《しろう》のような顔が、笑っている。

「姫、いけません！」

思わずあとを追う天一の叫《さけ》びに朱雀の怒号《どごう》が重なる。

「罠《わな》か！」

大剣《たいけん》を召喚《しょうかん》した朱雀が門を押し開き、結界の外に躍《おど》り出た。が、時すでに遅《おそ》かった。

二匹の雑鬼と彰子は、人のなりをした異形とともに忽然《こつぜん》と姿を消し、路《みち》には彰子の肩にかかっていた袿だけが残されていた。

膝《ひざ》を折って袿を拾い上げ、朱雀はぎりりと唇《くちびる》を嚙《か》んだ。

「……ぬかった…！」

目の前でむざむざと、彰子を奪《うば》われてしまうとは。

朱雀の手にした袿に、天一は震《ふる》える指をのばしてそれを摑んだ。蒼白《そうはく》になった美貌《びぼう》が自責の念でくしゃくしゃに歪《ゆが》む。

「おそばにありながら、なんという失態を……！」

晴れ渡《わた》った冬空よりもずっと淡《あわ》く、凍《い》てついた湖にも似た色の瞳《ひとみ》が、みるみるうちに涙《なみだ》で曇《くも》る。

それきり言葉を失う天一の頼《たよ》りない肩を抱《だ》きしめて、朱雀は悔《くや》しげに目を閉じる。

「泣くな。……俺も油断していた、お前が自分を責めることはない」

「でも…でも…！」

それ以上言葉にならない天一を抱く腕《うで》に力を込めて、朱雀は眦《まなじり》を決した。

「俺を信じろ。絶対に、姫は取り戻す」

9

願いがある。

かなえられたたくさんの願いと、かなわないだろうただひとつの願いが。


眠っていた晴明は、何かに突き動かされるように覚醒《かくせい》した。

瞼《まぶた》を開いても、見えるものは漆黒《しっこく》の闇だ。どこまでも広がって、果てが見えない。

こんな闇を、彼は知っていた。

幼い頃《ころ》に彷徨《さまよ》いこんだ迷い路だ。

その頃に抱《いだ》いた最初の願いは、たぶんこのまま川の向こうまで持っていくことになるのだろう。

妻が逝《い》ってから、狭間《はざま》の川にたどりつけはしまいかと戯《たわむ》れに術を用いたことがある。しかし、どうやっても行き着くことはできなかった。

何が稀代《きたい》の陰陽師《おんみようじ》だと、自嘲《じちよう》したものだ。

「…………」

晴明はふと眉《まゆ》をひそめた。敷地《しきち》を取り囲む結界が、奇妙《きみよう》にざわついている。

彼の持つ霊力《れいりよく》の衰《おとろ》えが、結界にも影響《えいきよう》を及《およ》ぼしはじめているのだろうか。

この邸《やしき》の建つ場所は、都の鬼門《きもん》封《ふう》じでもあるのだ。結界は何も、侵入《しんにゆう》しようと試みる異形たちの企《くわだ》てを阻止《そし》するためだけにあるのではない。

この地そのものを封じる役目も持っているのである。もっとも、後継《こうけい》とさだめた昌浩はおろか息子《むすこ》の吉平《よしひら》や吉昌すらもその事実を知らないのだが。

本格的に代替《だいが》わりすることになったら伝えるつもりでいたのだが、そろそろ頃合《ころあい》だろうか。

「あれらも驚《おどろ》くだろうなぁ」

結界と邸に何が隠《かく》されているのかを、聞いたらさぞかし仰天《ぎようてん》するに違《ちが》いない。果たしてどんな顔をするのか。それはそれで早く見てみたい。残り少ない楽しみのひとつだった。

「………む」

どうにも胸騒《むなさわ》ぎがして気が晴れない。直感が警告を発している。

何か起こったか。

気配を探《さぐ》って、晴明はおや、と眉を動かした。

昌浩と物の怪、勾陣の気配が感じられない。いつの間に抜け出したのだろう。

「土御門《つちみかど》の中宮《ちゆうぐう》に、何かあったか」

いま昌浩が最大の懸念《けねん》としているのは、怪僧《かいそう》丞按の企てだ。それを阻《はば》み中宮を守ると、自らにその役目を課しているのだ。

「あれも融通《ゆうずう》がきかんからな……、ふう」

晴明はのろのろと身を起こした。上体を起こすだけでも大儀《たいぎ》に感じる。思っている以上に自分の体は消耗《しょうもう》の度合いが激しいようだった。

予想より早いかもしれない。

声に出さずにそう思って、晴明は苦く笑った。

死という奴《やつ》は、随分《ずいぶん》もったいぶって訪《おとず》れるものだ。電光石火でやってきて一瞬《いっしゅん》で終わってくれたほうが、気が楽かもしれないのに。

ああでも、それでは周囲の心の準備ができないだろう。突然《とつぜん》の悲劇となったら、それもまたやりきれないに違いない。

どちらのほうがより心の傷が軽くすむだろうかと、残される側のことをひとしきり考える。

「……どちらも、同じだのぅ」

喪失《そうしつ》の悼《いた》みは必ず襲《おそ》ってくる。それを談じるのは、じわじわと刃《やいば》を食い込ませるのと、一瞬で深々突《つ》き立てるのと、どちらのほうが苦痛が少ないかを比べるようなものだ。

ちなみに晴明はそのどちらもごめんだなと思うのだった。

「ないものねだりのようだが、なるべく穏便《おんびん》に、できることならあっけなく」

口調だけは飄々《ひょうひょう》としながら、彼は精神を研《と》ぎ澄《す》まして辺りの様子を窺《うかが》った。

敵襲《てきしゅう》があった様子はない。あればもっと激しい反発がくる。それこそ、邸全体が震動《しんどう》するような衝撃《しょうげき》があるはずだ。

しかし、彼の中にある陰陽師としての直感が、警告を発していた。

「……玄武」

呼びかけに応じて、それまで異界に留《とど》まっていた玄武が即座《そくざ》に馳《は》せ参じた。

闇《やみ》の中、闇より深い黒曜の双眸《そうぼう》が晴明に据《す》えられる。

「呼んだか、晴明」

その顔を見て、晴明は何ごとかを感じ取った。

いつものように大人びた表情。だが、いま彼の傍《かたわ》らに顕現《けんげん》した子どものなりをした神将は、努めて無表情を作っているように見えた。

「肩《かた》を貸せ」

「何？」

眉を寄せる玄武の肩を支えにして、老人はふらりと立ち上がる。幼い風貌《ふうぼう》の玄武は血相を変えた。

「晴明、何を考えている。横にならねばいかん」

語調を強める玄武を片手で制し、晴明は掛布《かけふ》代わりの袿《うちぎ》を羽織って妻戸を開け、簀子《すのこ》に出た。

夏でもいささか冷たさと重さを感じる風がまといついてくる。

広がっているのは夜の領域と化した、普段《ふだん》見慣れた風景だ。闇の帳《とばり》に覆《おお》われて、このままでは視界が利《き》かない。

左手で作った刀印《とういん》を眉間《みけん》に押し当てて、晴明は口の中で小さく呪文《じゅもん》を唱えた。いつも昌浩が夜警の際に自分にかけている暗視の術だ。それを彼に教えたのは、当然安倍晴明だった。

瞼を開くと、昼日中と同じようにして、すべてが鮮《あざ》やかに映し出される。

安倍邸《てい》を囲む築地塀《ついじべい》。そのさらに外側に築かれた不可視の結界。邸を、そしてこの土地を守る障壁《しょうへき》に異変は見受けられなかったが、それを確認《かくにん》しても晴明の胸中にわだかまるものは消えなかった。

「晴明、いい加減にしろ。聞かねば実力を行使する」

憤然《ふんぜん》と抗議《こうぎ》してくる玄武の頭を軽く叩《たた》き、晴明は彼の言葉をあっさりと受け流してしまった。

「晴明！」

いよいよ激しくなる玄武の怒声《どせい》に、重なる言葉があった。

《晴明、茵《しとね》に戻《もど》れ》

「……宵藍か」

彼らの背後に、不機嫌《ふきげん》そうに目を細めた青龍が顕現する。その傍らには天后の姿もあった。

彼女は強張《こわば》ったような硬《かた》い表情で主《あるじ》を見つめている。

それが晴明の疑問を確信に変えた。

「宵藍、玄武、天后よ。何があった。答えよ」

三神将の間に漂《ただよ》う空気が微妙《びみょう》に揺《ゆ》れた。晴明はさらにたたみかける。

「答えよ。これは命令だ」

主の命令とあらば従わねばならない。

きゅっと唇を噛んだ玄武が、苦しげな顔で漸《ようよ》う口を開いた。

「……彰子姫《ひめ》が、天狐《あまきつね》に連れ去られた。朱雀と天一が行方《ゆくえ》を追っている」

「私たちもこれより朱雀たちと合流する所存です」

玄武の言葉を補ったのは天后で、青龍は剣呑《けんのん》な様子で晴明を睨《にら》んでいる。

「何……!?」

思いがけない報《しら》せを受けて、さすがに言葉が見つからない晴明に、青龍は激しい眼光を向けた。

「俺たちもすぐに出る。だが、いいか、晴明よ。お前は絶対に動くな。おとなしくしていなければ、許《は》さんぞ」

低く吐き捨てる青龍の目は本気だった。

ほかの者も、彼と同じ目をして晴明を見つめている。

立ちすくむ晴明の耳の奥に、天狐晶霞の声が響《ひび》いた。

——生きていたくば、あと一度。それが最後だ……

魂魄《こんぱく》を実体から切り離《はな》す離魂《りこん》の術を使えば、残った生命力は一気に削《そ》がれる。そして、再びそれを用いたならば。

この身はそのままあたたかさを失って、瞼は二度と開かない。そして魂《たましい》は、誰《だれ》もが知りながら誰も行ったことのない、川の向こうに旅立つことになるのだ。

剣呑な青龍の眼光と、沈鬱《ちんうつ》な天后の視線と、必死な玄武の眼差《まなざ》しを受けて、晴明は喉《のど》までせりあがった言葉をぐっと呑み込んだ。

ああ、本当に。自分はなんという幸せ者だろう。こんなに慕《した》ってくれる者たちがいて、こんなに必要とされて。

これ以上、望むことなどありはしないではないか。

「……それでも、わしは行かねばならん」

三人が声もなく息を詰《つ》めた。

責めるような三対《つい》の目をまっすぐに見返して、衰弱《すいじゃく》し起き上がるのも大儀であるはずの老人は言った。

「我が後継が中宮のために不在である以上、彰子様を守りお救い申し上げるのは、このわしの役目にほかならんのだ」

「晴明、何をばかなことを…！」

間髪《かんはつ》入れずに声を上げたのは玄武だった。年老いた主にすがるようにして単衣《ひとえ》の袂《たもと》を摑《つか》み、自分よりずっと高い位置にある老人の顔を見つめる。

「なんのために我らがいるか、考えろ。お前の眼前にいるこの十二神将を、なんと心得る」

「晴明様、どうか…！　我らにお任せください、御身《おんみ》を大事になされませ！」

口々に言い募《つの》る玄武と天后とは対照的に、青龍は冷たく苛烈《かれつ》な瞳《ひとみ》で晴明を射ていた。

安倍晴明の命令に、十二神将は刃向《はむ》かえない。最後の最後で、それを聞かざるを得ないのだということを、彼はその身をもって知っていた。

彼らの訴《うった》えは晴明の耳に、心に届いている。だが、届いていても、彼の心を動かすことはできないのだ。

青龍の予想どおり、晴明は静かに頭《かぶり》をふった。

「とめるなよ、お前たち。この意思を阻むことは、誰が許してもこの晴明が許さん」

夜風の中、半ば眠《ねむ》るように目を閉じていた貴船の祭神は、おもむろに瞼《まぶた》を開いた。

「……動いたな」

人身を取った高龗神が座すのは、禁域に位置する岩山の頂き。ここには何人《なんぴと》たりとも立ち入ることを許されない。

視線を下方に滑《すべ》らせて、高淤の神は厳《おごそ》かに口を開いた。

「晶霞よ、お前はなんとする」

岩壁《がんぺき》に寄りかかっている痩軀《そうく》の影《かげ》が、僅《わず》かに反応を示した。

とうに望月を過ぎた月は半分近く欠けていて、まだ南天にかからぬ場所に輝《かがや》いている。岩影は南西にのびて、晶霞はその影の中にいた。

「晶霞。私はお前に訊《き》きたいことがある」

白銀の髪が流れて、白皙《はくせき》の容貌《ようぼう》が高淤を見あげた。距離《きょり》はあるのに、青灰《せいかい》の双眸がまっすぐ自分に注がれているのを感じる。

「凌壽とやらは、なにゆえお前をつけ狙《ねら》う?」

「………」

返答はない。高淤は気にしたふうもなく、さらにつづけた。

「お前はなぜ、凌壽を倒《たお》さない。お前ほどの力を持っていれば、いくら凌壽の通力が甚大《じんだい》とはいえ、手にかけることは不可能ではないだろう」

「……凌壽が戻らねば、九尾《きゅうび》がこの島国に追ってくるやもしれぬ」

高淤はうっそりと目を細めた。

「それもあるのだろうが、それだけではあるまい」

言い当てられて、晶霞はふつりと押し黙《だま》った。

貴船の聖域は高龗神の凄絶《せいぜつ》な結界に覆われているため、晶霞の存在を凌壽がかぎつけることはできない。よしんばかぎつけたとしても、結界を侵《おか》せば、この国の五指に入る神が全霊《ぜんれい》で迎《むか》え討《う》つだろう。晶霞のみならず神を同時に相手することには、さすがの凌壽も二の足を踏《ふ》む。

凌壽は晶霞をおびき出したいのだ。一対一であれば凌壽が晶霞を狩《か》ることはできる。

「お前を呼び寄せるのは、安倍晴明の血か。……だが、あれが天命を迎えてしまったら、お前を釣《つ》るための餌《えき》がなくなるな」

晶霞は身動きひとつせずに高淤の語りを聞き流していたが、やがて抑揚《よくよう》の欠ける口調で小さく呟《つぶや》いた。

「……延命の術《すべ》は、ある」

高龗神の目がきらめく。予想だにしていなかった朋友《とも》の台詞《せりふ》に、神はいささか硬さを増した声音《こわね》をぶつけた。

「なぜ、もっと早くにそれを言わなかった」

方法があると知れば、あの子どもがあれほどに胸を痛める必要はどこにもなかったのだ。

厳しさの含《ふく》まれた訊問《じんもん》を向けられても、晶霞はついと視線を逸《そ》らしてそれきり何も応《こた》えない。

焦《じ》れた高淤が再び天狐の名を呼んだ。

「晶霞」

「……方法は、ある。だが、それは不可能だ」

◆　◆　◆

ひやりと冷たいものが、頬《ほお》に触《ふ》れた。

彼女はのろのろと瞼を開いた。

開いたはずなのに、何も見えない。まったくの闇《やみ》だ。

夢を見ているのだろうか。

彼女はのろのろと首を動かした。

闇に目が慣れてくると、帳台の帳と明障子《あかりしょうじ》の木枠《きわく》がぼんやりと判別できるようになった。彼女は元々夜目が利《き》くほうなのだ。

彼女はほうと息をついた。

夢を見ていたのだ。帳台の中に怪《あや》しい影が入り込んでいて、それが自分の眼前に現れるなど、考えられない。

いつの間にか眠っていて、常に心のうちにある恐怖《きょうふ》や不安といったものが、あんな恐《おそ》ろしい夢を見せたのだろう。

ふと、彼女は握《にぎ》りこんだままの左手に気がついた。

「………」

胸の上でそろそろと開くと、はらりとこぼれてくるものがある。闇で色の判別はできないが、それが薄紫《うすむらさき》の花弁だと知っていた。

彼女は眉《まゆ》を寄せた。

これは紙の箱に入っていて、その箱を自分は丁寧《ていねい》にたたんで茵《しとね》と畳《たたみ》の間に忍《しの》ばせておいたはずだ。いつ、出したのだろう。

いや、出した。——夢の中で。

鼓動《こどう》が跳《は》ね上がる。猛然《もうぜん》と駆《か》け出した心臓が、胸の中で暴れまわっている。それに呼応して呼吸が荒《あら》くなり、懸命《けんめい》に努力しても押さえることができない。

左の頬に、冷たいものが触れた。彼女の覚醒《かくせい》を促《うなが》したのは、この感触《かんしょく》だ。

彼女は声もなく息を呑《の》んだ。がたがた震《ふる》えだした体はもはや自分の意のままにならない。

見たくない、見てはいけない。でも、でも。

恐怖が彼女の背を押した。

そろそろと目線を滑らせ、顔のすぐそばにうずくまる塊《かたまり》を認める。

「………っ!!」

うずくまっていた塊が、闇より玄《くろ》い獣《けもの》の形を取って、ざわりと蠢《うごめ》いた。

◆　◆　◆

土御門殿《つちみかどでん》に向かって疾走《しっそう》していた昌浩と物の怪は、土御門大路の中央に仁王《におう》立ちしている人影を見つけた。

夜風に漆黒《しっこく》の長い髪が遊ばれている。

迫《せま》っていく子どもを眺《なが》める鉛色《なまりいろ》の目は笑《え》みを含んで、色のない唇《くちびる》が嗤《わら》いの形に歪《ゆが》んでいた。

天狐凌壽はついと右手を掲《かか》げた。

暗視の術を己《おの》れにかけていた昌浩は、妖《あやかし》の手の中に白くて丸い珠《たま》が握られていることに気がついた。よく見れば、それはほんの僅かばかり赤みを帯びているようだ。

「我らが眷族《けんぞく》よ、待っていた」

二丈《じょう》ほどの距離を取ったところで立ち止まり、昌浩と物の怪は相手の出方を窺《うかが》う。彼らの隣《となり》にそれまで隠形《おんぎょう》していた勾陣と六合も顕現《けんげん》した。

妖を凝視《ぎょうし》していた昌浩は、道反《ちがえし》の丸玉が脈動するのを感じた。霞《かすみ》がかかっていたような視界が鮮明《せんめい》になり、妖の持つ珠の波動が光の帯のように見えた。

胸の奥で跳ね上がるものがあった。昌浩の身の内にひそむ力が、反応して震えている。

「……あの、珠…なんだろう、何か…」

呟く昌浩を横目で見ながら、勾陣は左手に筆架叉《ひっかさ》を構えて物の怪と六合に目配せをした。夕焼けの瞳《ひとみ》が応じ、六合がその手に銀槍《ぎんそう》を携《たずさ》えた。

天狐を生け捕《ど》りにする。そして、延命の術を問いただす。

それは昌浩のみならず、十二神将全員の願いでもある。

「うん？　何か考えている顔だなぁ。でも、そんな暇《ひま》はない」

掲げられた手のひらの中で、仄《ほの》赤い珠が燐光《りんこう》を放ちはじめた。

「お前たちには、やってもらわなきゃならないことがあるんだから」

凌壽が言い放つと同時に、珠からまばゆいばかりの閃光《せんこう》が迸る《ほとばし》。その光に包まれた瞬間《しゅんかん》、昌浩たちはえもいわれぬ衝撃《しょうげき》に襲《おそ》われた。

耳鳴りがする。凄《すさ》まじい重圧がのしかかってくる。世界が湾曲《わんきょく》して平衡《へいこう》感覚が消え失《う》せる。音という音がふつりと消えて、視界が完全な闇に呑まれた。

凌壽の手の中で、びしりと音を立てて珠にひびが生じた。ひびは瞬《また》く間に広がっていき、やがて砂のように崩《くず》れ落ちて風に流された。

手のひらに残った微細《びさい》な欠片《かけら》を無造作に払《はら》って、凌壽は不満そうな顔をした。

「……あーあ。せっかく狩った珠なのに。一度しか使えないのは、勝手が悪いよなぁ」

懐《ふところ》から数珠《じゅず》繋《つな》ぎにした珠を取り出して、一番端《はし》を引きちぎる。放たれる波動から、それの本来の持ち主が子どもだったことが伝わってきた。

「子どもかぁ。そんなのいたっけか？」

随分《ずいぶん》昔のことなので記憶《きおく》が曖昧《あいまい》だ。しばらく考えて、凌壽は目を輝《かがや》かせた。

「ああ、思い出した。さっき使った天珠《てんしゅ》の主が、これの母親だったんだ。それで命乞《いのちご》いするから、子どものほうから先に首を落として、母親のほうは最後までなぶってやったんだっけ」

すっかり忘れていた。裏切った同胞《どうほう》に向けられる天狐たちの眼差《まなざ》しは恐怖に怯《おび》え、また怒《いか》りに燃え上がって。誰《だれ》も彼《か》もが凌壽より脆弱《ぜいじゃく》だったので、彼は面白《おもしろ》いようにかつての仲間を狩ったのだ。

大陸から同胞の影《かげ》が消えれば海を渡《わた》り、ひっそりと身を隠していた者たちを暴いては殺戮《さつりく》の限りを尽《つ》くした。

数珠を懐にしまいながら、妖はすねたように口をとがらせた。

「だって、仕方がなかったんだ。すべての天珠を持っていかないと、九尾が俺を殺すっていうからさぁ……」

俺、死にたくなかったんだ。

からりと笑って、凌壽は身を翻《ひるがえ》し、気配ひとつ残さずに消えた。

◆　◆　◆

何かに頬を叩《たた》かれた。

ゆっくりと目を開けると、闇の中に四つの小さな光が浮《う》かび上がっていた。

「お姫《ひめ》っ、気がついたか！」

「大丈夫か⁉　どっこも怪我《けが》してないか⁉」

何度も目をしばたたかせて、彼女は視線を彷徨《さまよ》わせた。

「……あなたたち…」

彰子が言葉を発すると、猿鬼と一つ鬼の目からぶわっと涙《なみだ》が噴《ふ》き出した。

「うわあぁぁぁん、お姫ー！」

「すまん、俺たちが不甲斐《ふがい》ないばっかりにー！」

「ど…いう、こと…？」

肘《ひじ》を支えに起き上がり、彰子は周囲を見渡《みわた》した。

どこまでも冥《くら》い闇が広がっている。夜目はそれなりに利くほうだが、さすがに彼方《かなた》まで見通すことはできない。

闇に目が慣れるまで動かないほうがいいと判断して、彰子は猿鬼と一つ鬼を交互《こうご》に見やった。

だんだん意識がはっきりしてくる。同時に、自分の身に何が起こったのかも彼女ははっきり思い出していた。

記憶が鮮明になっていくにつれて、彰子の顔に困惑《こんわく》が広がっていく。無意識に身を引こうとする彼女に気づき、猿鬼たちは血相を変えて言い募《つの》った。

「違《ちが》う、違うんだお姫！」

「俺たち、化け物にいいように操《あやつ》られてたんだよ！」

「化け物…」

呟《つぶや》く彼女の背後に、蠢《うごめ》く玄い影が生じる。それに気づいたのは一つ鬼だった。

「お姫っ、危ない！」

彰子は反射的に振《ふ》り返った。その耳のそばを、何かが駆け抜《ぬ》けていく。

彰子の手を摑《つか》んで、猿鬼がせきたてた。

「走れ！　あれは獣だ、昌浩だって手こずってた奴《やつ》だ、危ない！」

彰子は言われるまま、まろぶようにして駆け出した。単衣《ひとえ》の白が闇《やみ》に浮かぶ。彼女の足元を転げるように駆けながら、一つ鬼が叫《さけ》んだ。

「俺たち連れてこられたんだよ、ここは化け物が作った場所で、抜け出せないんだ！」

戦慄《せんりつ》の槍《やり》が彰子の胸に突《つ》き刺《さ》さる。懸命に足を動かしながら、彼女は引き攣《つ》れたように喘《あえ》いだ。

「どう…すれば…！」

脳裏《のうり》に、たったひとりの姿がよぎった。

肩《かた》で息をしながら、彰子は目許《めもと》を歪めた。

助けて。

「……昌浩…！」

闇に沈《しず》んでいた意識が浮上《ふじょう》する。

昌浩はゆっくりと目を開けた。

「昌浩、無事か」

目の近くに夕焼けを切り取ったような色があって、昌浩はそれがなんなのかをすぐに思い出すことができた。

「…う、ん。…ここ、どこ……？」

のろのろと首をめぐらせる。全身が奇妙《きみよう》にきしんで、ぎしぎしと音を立てた。

天狐凌壽がなんらかの術を用いたことはわかる。しかし、そのあとの記憶が欠落している。

「…っ、みんな…っ」

「ここにいる。案ずるな」

すぐ近くに佇立《ちよりつ》していた勾陣が、穏《おだ》やかに微笑《びしよう》していた。それより少し離《はな》れた場所で、夜色の霊布《れいふ》が翻った。

昌浩はほっと息をついた。姿が見えなかったから、最悪の予想が一瞬だけ胸をよぎった。十二神将中でも屈強《くつきよう》の闘将《とうしよう》たちだから、あまり心配することはないのだと思っている。だが、咄《とつ》嗟《さ》に彼らの身を案じることは、無意識のもの。もはや本能に近い。

自分の体がちゃんと動くか慎重《しんちよう》に調べて、異常がないことを確認《かくにん》した昌浩は、ほっと息をついて立ち上がった。まだ関節がきしむが、これは無理な重圧をかけられたための後遺症《こういしよう》だろう。

「ここは、どこだ…？」

「さぁ。人界ではないことは確かだが」

昌浩より目線の高い勾陣が、周囲を見渡しながら警戒《けいかい》を強める。風が動かない。生き物の気配が感じられない。土御門大路からいずこかに移動させられたのは明白だが、人界だとは思えなかった。

「何者かの意思を感じるな」

子どものような高い声が不機嫌《ふきげん》そうに呟く。白い体が緋色《ひいろ》の闘気《とうき》に包まれて、それが消えると長身の体躯《たいく》が現れていた。

紅蓮は己《おの》れより低い位置にある勾陣の目を見た。

「何者かが創生したような、常に視線を注がれているような気がする。お前はどうだ」

「それに近いものを感じるな……。あとは、……命を持たない妖《あやかし》の蠢《うごめ》きを」

勾陣の左手が、腰《こし》の筆架叉《ひっかさ》をすらりと引き抜く。彼女の視線を追った紅蓮と昌浩は、闇の彼方から無数の影が蠢きだしたのに気づいた。六合が無言で戦闘《せんとう》態勢を取る。

「あれは……幻妖《げんよう》……！」

昌浩の言葉に、幾重《いくえ》もの咆哮《ほうこう》が折り重なった。

帳台を形作っていたものが歪《ゆが》んで、ざっと崩れた。目に見えていたすべては偽《いつわ》りだったのだと、彼女はそのとき思い知った。

果てのないように見える天井《てんじょう》は夜より冥い色に塗《ぬ》り込められていて、重苦しい空気が彼女の全身を押し潰《つぶ》すかのようだった。

「……っ」

極端《きょくたん》に昂《たかぶ》った緊張《きんちょう》と恐怖《きょうふ》が、喉《のど》をふさいでいる。必死に繰《く》り返す呼吸は引き攣れて、ひゅうひゅうと笛のように音がしていた。

瞼《まぶた》の奥が熱い。視界のすみで玄《くろ》いものが蠢くたびに戦慄が駆《か》け抜けて、目のきわに熱いものが溜《た》まる。

胸の上に落とした花弁を必死で握《にぎ》り締《し》めて、彼女は心の中で何度も繰り返した。

助けて、助けて。

だって、助けてくれると言ったもの。守ってくれると約束をくれたもの。

だから、きっと助けてくれる。信じていればきっと。

「……昌浩様……！」

恐怖で体が硬直《こうちょく》していて動けない。周囲を玄いものが取り囲んでいる。もし動けても、奴らの餌食《えじき》になるのではないかという恐れが彼女の四肢《しし》を凍結《とうけつ》させていた。

しゃん。

金属の打ち合う澄《す》んだ響《ひび》きが木霊《こだま》する。

「目覚めたか、藤原の娘《むすめ》」

低くひび割れたような声音《こわね》が彼女の鼓膜《こまく》に突き刺さる。彼女は内心で震《ふる》え上がった。

ざっと音を立てて、周囲に群がっていた生きものが散じた。最後まで闇に紛《まぎ》れて、結局それがなんだったのか、彼女にはわからなかった。

影《かげ》が散っても闇は闇のままだ。多少目が慣れてきたとはいえ、声の主が近づいてくるのを感じるばかりで、それがいったい何者なのかを知る術《すべ》はない。

戦慄に囚《とら》われて喘ぐ彼女を囲むように、突如《とつじょ》として六つの炎《ほのお》が燃え上がった。

仄白《ほのじろ》い、不気味な光を放つ炎は一定の距離《きょり》を置いて据《す》えられた燈台《とうだい》だった。円く配された炎が、ようやく周囲を照らし出す。

ごく近くに、網代笠《あじろがさ》をかぶった墨染《すみぞめ》の男と思《おぼ》しき人影があった。

彼女が息を呑《の》むと、手にしていた錫杖《しゃくじょう》の先端《せんたん》で網代笠をあげて、恐《おそ》ろしい眼光が現れる。痩《や》せて頬骨《ほおぼね》の浮《う》かんだ顔を、仄白い炎が照らして、おぞましい影を作っていた。

か細い悲鳴が喉からこぼれた。だがはっきりとした声にはならない。

恐怖に歪む彼女を凝視《ぎょうし》して、男は蔑《さげす》むように目を細めた。

「……藤原の栄華《えいが》など、許しはせん」

丞按の全身から陽炎《かげろう》が立ち昇《のぼ》る。闇より玄いその陽炎が、ざわざわと頭上で寄り集まって、おぞましい異形の姿となった。

「見えるか。これがお前たちを滅《ほろ》ぼすための呪詛《じゅそ》」

男が錫杖を打った。小環《しょうかん》が揺《ゆ》れ動き、しゃんしゃんと場違いなほどに美しい音が鳴り響く。

その錫杖の上に、玄い異形のものが漂《ただよ》っているのを、彼女は見た。

突如として出現したように見えた。それまで彼女の目に映っていなかったものが、錫杖の音で活性化して徒人《ただびと》の目にも映るほど力を増したのだ。

心臓が止まりそうなほどの恐怖に襲《おそ》われて、彼女は目を閉じることもできない。

異形のものがざわざわと蠢く。幾つもの足がいびつに震えながら蠢いて、のろりと身じろぎをした。

四つの光点が彼女の顔に据えられる。ばくりと裂《さ》けた口元が大きく開かれて、それはめりめりと音を立てながら人ひとりを呑みこめるほどに裂けた。

異形の体がぐにゃりとのびる。おぞましい気配が肌《はだ》に絡《から》みついてきて、ぞっとした。

「食われてしまえ。そして、皮一枚だけを寄越《よこ》せ」

男が唸《うな》る。そこに地の底から響くような哄笑《こうしょう》が重なった。恐ろしい男が、冥《くら》い眼《まなこ》で笑っているのだ。

「……っ」

化け物が、もう目の前に。

「――――っ！」

金切り声が迸《ほとばし》った。

幻妖の群れを薙《な》ぎ払《はら》いながら、昌浩たちは天狐《てんこ》を探していた。

この空間に彼ら三人を連れ込んだのは、間違《まちが》いなく凌壽の力だ。何の目的もなしに運んできたとは思えない。何か企《たくら》みがあるはずだ。

「何を考えているのかは知らないけど、一刻も早く見つけ出して、人界に戻《もど》らなきゃ……」

昌浩が唐突《とうとつ》に立ち止まった。

様子に気づいた紅蓮が怪訝《けげん》そうに振《ふ》り返る。

「昌浩、どうした？」

昌浩を狙《ねら》うように跳躍《ちょうやく》した数匹《ひき》の幻妖を、六合の霊布が翻《ひるがえ》って叩《たた》き落とし、勾陣の筆架叉が十文字に切り捨てる。

分断された妖の体はみるみるうちに再生され、数ばかりが増えていく。

「……騰蛇、いっそすべて焼き尽《つ》くしてしまえ」

きりのなさに腹を立てたのか、勾陣の双眸《そうぼう》が不穏《ふおん》にきらめく。

それを受けて口を開いたのは六合だ。

「炎が上がれば、別のものに我らの居場所を知らせることになるのではないか？」

「天狐は我々がここにいることを知っている。何せ運んだ当人だ」

彼らが対話している間に、紅蓮はとりあえず炎の障壁《しょうへき》を築いて、幻妖の接近を阻《はば》んだ。闇雲《やみくも》に攻撃《こうげき》していても、敵の元にまでたどりつくのは困難だ。作戦を立てるのが得策だろう。

「身を隠《かく》している天狐を誘《さそ》い出すなら、派手《はで》にやるぞ。特大の篝火《かがりび》だ」

紅蓮が凄惨《せいさん》に笑った。それを諫《いさ》めるようにして、昌浩が手を上げる。

「待て。……天狐だけじゃない、別の気配が、する」

「別の気配？」

怪訝そうに繰り返す勾陣に頷《うなず》いて、昌浩は心の触覚《しょっかく》を鋭敏《えいびん》に研《と》ぎ澄ました。

先ほど直感に掠《かす》めたものがある。それが影を落として、不安に酷似《こくじ》したものがぬぐえない。

障壁の周りを幻妖たちが跳《は》ね回る。耳障《みみざわ》りな咆哮が耳朶《じだ》を叩いて、神将たちの神経を逆撫《さかな》でする。

彼らは焦《あせ》っているのだ。時間はあまり残されていない。天狐凌壽が方法を知らなければ、安倍晴明の命は尽きる。彼らは最初に戴《いただ》いた主《あるじ》を失うことになる。

人間は短命だ。彼ら神将に比べれば恐ろしいほどに。それでも、まだ天命まで猶予《ゆうよ》があったのだ。覚悟《かくご》を決めるまでの時間が、あったはずなのだ。

もしかしたら、人間たちよりも十二神将たちのほうがはるかに心が脆弱《ぜいじゃく》なのかもしれない。

昌浩は真剣《しんけん》な面持《おもも》ちで刀印を作ると、呼吸を整えて目を閉じた。

「ノウボウアラタンノウ、タラヤアヤサラバラタサタナン……」

声。誰《だれ》の声だ。先ほど確かにこの耳に、直感と呼ぶべきものに届いた、悲痛な叫《さけ》び。

瞑目《めいもく》したまま意識を拡散させる。『目』では見えない場所に心を行き渡《わた》らせて、正体のわからないものを探るのだ。

障壁がひときわ強く揺れ動いた。

――助けて……！

昌浩ははっと目を見開いた。

「……中宮《ちゅうぐう》…!?」

まさか。

神将たちを振り仰《あお》いで、昌浩は血相を変えた。

「天狐が、中宮を連れ去ってきた……、彼女が危ない！」

さしもの三神将も色を失った。

「どこだ！」

紅蓮が叫ぶ。同時に障壁が四散した。それを待ち構えていた幻妖《げんよう》たちが一斉《いっせい》に躍《おど》りかかってくる。

くわりと開いたあぎとを、勾陣の筆架叉《ひっかさ》が無造作に叩き斬《き》った。二枚におろされた形の仲間を踏《ふ》み越《こ》えてかかってくる幻妖を、六合の霊布《れいふ》が撥《は》ね飛ばす。

その間に昌浩は駆け出していた。

「あっちだ！」

昌浩が示すほうに、神将たちも向かう。

陰陽師《おんみょうじ》の直感が示すものに、間違いはない。

昌浩が「中宮」がこの場にいるというのなら、それは確かだ。

天狐と丞按は手を組んでいる。丞按は中宮を狙っていて、だから凌壽が中宮をこの空間に誘《ゆう》拐《かい》してきた。そう考えるのが筋だろう。

——助けて、助けて

救いを求める声がする。懸命《けんめい》に足を進めながら、昌浩は歯噛《はが》みした。

約束したのだ。絶対に守ると。この声の主を守るのだと。

体の最奥《さいおう》で揺れる炎が輝《かがや》きを増した気がして、昌浩は胸元《むなもと》をぐっと握《にぎ》り締《し》めた。道反の丸玉が脈動し、炎の力を抑《おさ》え込む。

ふいに、匂《にお》い袋《ぶくろ》の優《やさ》しい香《かお》りが鼻先をくすぐった。

「……彰子…？」

予感のようなものが胸をよぎった。だが、それは瞬時《しゅんじ》に霧散《むさん》する。

早く中宮を救わなければ。焦る昌浩は、些細《ささい》な予感を無理やりに追いやった。

耳の奥で心臓の音がしている。うるさいほどに鳴り響《ひび》くそれは、全身をめぐる血の流れだ。

喉《のど》の奥にせりあがってくる鉄の味が強くなる。彰子はそれでも、懸命に足を動かしていた。

「姫《ひめ》、お姫、頑張《がんば》れ！」

「追いつかれたら大変だ、お姫！」

猿鬼と一つ鬼が必死で励《はげ》ましてくれるが、果てのない逃走劇《とうそう》はそれだけでも気力をくじくに充分《じゅうぶん》だった。

幻妖たちは遊んでいるのか、ときに距離《きょり》を取り、ときに距離を詰《つ》めながら、執拗《しつよう》に彰子たちを追ってくる。

ときどき一気に距離を詰めて裾《すそ》に爪《つめ》をかけ、よろめく彰子をなぶるのだ。

もつれる足を叱咤《しった》しながら、彼女は希望を捨てていなかった。何よりも、こんなところで命を失うことになったら、それまで彼女のために心を砕《くだ》き奔走《ほんそう》してくれたすべての人たちの想《おも》いが無駄《むだ》になる。

「………っ！」

ああそれに、まだ約束を果たしてもらっていない。梅雨《つゆ》が終われば季節外れになってしまう。いま時分が一番の見頃だろう、貴船の螢《ほたる》。

たくさんのお願いをしている。自分の身代わりになった人を、どうか守ってあげて。会えたらどうか、優しくしてあげて。

彼はきっとそれを果たしてくれる。自分はそれを知っている。

どこをどう走ったのか、彰子はおぞましい気配が少しずつ近づいていることに気がついた。

幻妖たちが跳ね回っている。彰子の「目」は、前方に不可視の壁《かべ》が築かれているのを認めた。

「あれは、なに…？」

猿鬼と一つ鬼は彰子の呟《つぶや》きに気づかず、とにかく逃《のが》れようとがむしゃらに走っている。

彼らはやがて、その壁の近くにまでたどりついた。手をのばすと硬《かた》いものに阻まれて、それ以上進めない。

「まずい－っ」

泣き出さんばかりの様子で猿鬼が飛び上がる。一つ鬼が彰子の肩《かた》に飛び乗って、できるだけ高い位置からどこに逃《に》げればいいのか見はるかした。

そんな二匹の様子とは裏腹に、彰子は肩を上下させながら、壁の向こうをじっと凝視《ぎょうし》していた。

何かがいる。彼女の持つ桁外《けたはず》れの力がそれを伝えてくる。

おぞましいものだ。できることなら一刻も早く離《はな》れたい。体の奥底から震《ふる》えが這《は》い登《のぼ》ってくるような、そんな気配が壁の向こうから漂《ただよ》い出てくる。

壁に両手をあてて向こう側を見つめていた彰子は、彼方《かなた》に凝然《ぎょうぜん》とたたずむ墨染《すみぞめ》の衣《ころも》の男と、その周囲に並べられた燈台《とうだい》を見つけた。

燈台は一定の距離を置いて配され、まるで何かの形のようだ。

「……あれは…」

昌浩の部屋にあった書物で見た、術を用いる際の魔法陣《まほうじん》に、似てはいないか。

視線をめぐらせた彰子は、陣の中央に横たえられた人影《ひとかげ》に気づいた。

「……子ども…？」

まとっているのは白い単衣《ひとえ》だ。小柄《こがら》で、痩躯《そうく》で、長い黒髪《くろかみ》が大きく広がっている。

やがて彰子は愕然《がくぜん》と息を呑《の》んだ。

魔法陣の中央で、怯《おび》えきった蒼白《そうはく》な顔は、自分のそれとまったく同じ。

「……まさか……章子様……!?」

10

戦慄《せんりつ》の鎖《くさり》に全身を搦《から》めとられていた章子は、唐突《とうとつ》に耳朶《じだ》に届いた声を聞いてはっと視線をめぐらせた。

いま、自分の名を呼ぶ声がした。誰も知らないはずの、彼女の真実の名を呼ぶ声が。

強張《こわば》ってきしむ全身に力を込めて、必死で首を動かすと、燈台の灯《あか》りが届かぬ場所にたたずむ人影が見えた。

章子は息を呑んだ。

自分とまったく同じ顔をした少女が、驚愕《きようがく》の面《おもて》をこちらに向けているではないか。その唇《くちびる》が動いた。何かを叫《さけ》んでいる。見えない壁に阻《はば》まれているのか、彼女は壁を叩《たた》くような仕草をしたあとで、もう一度口を動かした。

その動きが、確かに自分の名を現している。章子は瞬《まばた》きも忘れて彼女に見入った。

あれが、自分とそっくりだと言われていた少女なのか。彰子という名の、もうひとりの自分ともいうべき存在なのか。

恐《おそ》ろしい異形に自分が連れ去られてきたように、彼女もまたこの得体《えたい》の知れない場所に誘拐されてきたのだろうか。

章子が見ている前で、彰子ははっと背後を振《ふ》り返った。そのまま左側に走り出す。彼女はもう一度章子を見た。視線が交叉する。かち合ったと思ったが、すぐにはずれた。

単衣姿の彰子は、そのまま闇《やみ》の中に呑まれていった。

一瞬《いっしゅん》の邂逅《かいこう》だった。

彼女も何者かに追われていたのだろうか。ひどく切羽詰《せっぱつ》まった顔をして、逃げ惑《まど》っていたように見えた。

「――――娘《むすめ》」

章子ははっとした。

怪僧《かいそう》が自分を睥睨《へいげい》している。その目にあるものは、確かに憎悪《ぞうお》だった。だが、自分はこんな男は知らない。生まれてから一度も邸《やしき》を出ることなく育ち、そのまま身代わりに入内《じゅだい》して、土《つち》御門殿《みかどでん》に下がった。

怯えて萎縮《いしゅく》する章子に向けて一歩を踏《ふ》み出し、丞按はぎらぎらと輝く眼《め》を剝《む》く。

「知りたいか。なぜ己《おの》れがこんな目に遭《あ》うのか」

章子は小さく首を振った。そんなもの、聞きたくもない。彼女の望みは無事に解放されて、土御門殿に帰ることだけだ。

しかし丞按はそれを許すつもりなど毛頭なかった。

「聞きたくなくても教えてやる。お前の意思のあるうちに」

錫杖《しゃくじょう》の上に漂う異形が舌なめずりをしている。この男が憎《にく》しみすべてを吐《は》き出し終わるのを待って、章子に襲《おそ》いかかろうとしているのか。そして自分は食われて死ぬのか。

しかし、怪僧の言葉は彼女の予想に反した。

「殺されると思っているのか？　殺しはせぬさ。殺せばそこで終わりだからな」

殺して楽になどしてやらない。死ぬよりはるかにおぞましい目に遭わせてやる。

異形がその身をくねらせた。みるみるうちに細く縮まり、蛇《へび》のように変化する。

それは地に降下すると、じわじわと彼女に這い寄った。

動けない首元に蛇の頭が触《ふ》れる。声も出せずに硬直《こうちょく》する章子の目の近くに鎌首《かまくび》をもたげて、蛇はちろちろと舌を出した。

戦《おのの》く章子に丞按は錫杖の先端《せんたん》を突《つ》き出した。

「小さくなるものだろう。その程度であれば、お前のその口に入り込むことは造作もない」

心臓が跳《は》ね上がる。いま、なんと言ったか。

「入り込み、お前の魂《たましい》を呑み込んで食いつくし、それがお前に成り代わる。……心の一片だけならば、残っていよう。そうして、己れが行うすべてをまざまざと見せつけられて、絶望するがよかろうよ」

蛇の首が章子の頬《ほお》に触れる。章子は必死で顔をそむけようとしたが、いつの間にか蛇の肢体《したい》が輪郭《りんかく》をがっちり挟《はさ》みこんでいて、意のままにならなくなっていた。

自分の意思とは裏腹に、首がのけぞらされて口を無理やり開かされる。

「……や……いや……っ！」

涙《なみだ》があふれた。恐ろしい。おぞましい。

もうだめだ。助けなど来はしない。二度と帰ることはできない。

「泣いても遅《おそ》い。……我が一族も、そうやって命乞《いのちご》いをしたのに無駄だった」

章子は涙に濡《ぬ》れた目で丞按を見た。冥《くら》い憎悪の燃える目は、冷酷《れいこく》で凄惨《せいさん》な印象しかない。

「手始めに中宮よ、お前だ――――！」

しゃん、と。

錫杖が鳴った。

周囲を取り囲んでいた幻妖《げんよう》が、唐突にざわめく。――刹那《せつな》。

「オンバゾロ、ドハンバソワカ！」

闇を裂《さ》くような鋭利《えいり》な真言が炸裂《さくれつ》し、次いで緋色《ひいろ》の闘気《とうき》が幻妖の群れを粉砕《ふんさい》する。

放たれた白銀の閃光《せんこう》が地表を駆《か》け抜《ぬ》け突破口《とっぱこう》を作ると、小柄な子どもが怪僧の眼前に躍《おど》り出た。

「丞按！」

昌浩の怒号《どごう》に紅蓮の炎《ほのお》と六合の通力が重なった。

蠢《うごめ》いていた幻妖がさらに弾《はじ》き飛ばされ、その間に疾走《しっそう》した勾陣の筆架叉《ひっかさ》が、章子にまといついていた異形の蛇を切り払《はら》う。

形容できないうめきをあげて崩《くず》れ落ちた蛇の残滓《ざんし》を通力で吹《ふ》き飛ばし、勾陣はさらに、地表に描《えが》かれていた魔法陣《まほうじん》をずたずたに切り裂いた。

そこに込められていた法力が一挙に放出され、嵐《あらし》のように荒《あ》れ狂《くる》う。

丞按は腕《うで》をかざして衝撃《しょうげき》を堪《こら》えると、忌々《いまいま》しげに舌打ちした。

「おのれ安倍の子ども…！　なぜここに⁉」

昌浩は怪訝《けげん》そうに眉《まゆ》をひそめた。丞按は、昌浩たちがここにきていたことを知らなかったのだ。

剣印《けんいん》を結んで呼吸を整えながら、昌浩は丞按を睨《にら》んだ。

「中宮は俺が守ると言ったはずだ。お前の好きにはさせない！」

勾陣の手を借りて身を起こした章子は、はっと顔を上げた。彼女の手のひらの中には、あの花弁がずっと握《にぎ》られていた。

「…………」

本当に、来てくれた。助けに来てくれたのだ。

守るというその言葉どおりに、この人は。

涙があふれて頬を滑《すべ》る。恐怖《きょうふ》から解放された安堵《あんど》も手伝って、彼女は嗚咽《おえつ》を懸命《けんめい》に押しとどめた。漆黒《しっこく》の絶望に満たされた心の中に、一条の光明が射したかのようだった。

「勾陣、中宮を連れて引け！」

頷《うなず》いて、勾陣は少女を抱《かか》えあげる。

「摑《つか》まれ」

促《うなが》された章子は、強張《こわば》ってうまく力の入らない腕を彼女の首に回した。章子は目をしばたたかせた。目の近くにある耳の形が、奇妙《きみよう》に尖《とが》っている。それに、昌浩に従っている者たちはみな、奇妙な出《い》で立ちをしていた。

その視線に気づいた勾陣は薄《うす》く笑う。

「我らは人にあらず。陰陽師《おんみようじ》安倍晴明に仕え、安倍昌浩に従う式神だ」

「しきがみ……」

かすれた声で呟《つぶや》く彼女の耳に、昌浩の叫びが突き刺《さ》さった。

「ナウマクサンマンダ、ボダナン、センダラク、ソワカ！」

真言に込められた裂帛《れつぱく》の気合が丞按めがけて放たれる。怪僧はそれを錫杖で打ち払い、殺意のこもった眼光を向けてきた。

「己れ、化け物め。二度と邪魔《じやま》立てできぬよう、この場で息の根を止めてやる！」

「これは化け物ではない、黙《だま》れ！」

丞按の言葉に怒鳴《どな》り返したのは紅蓮だった。怒《いか》りに任せて放たれた炎蛇《えんじや》が、丞按を掠《かす》めるようにのびあがって、周りに集まりだしていた幻妖たちを焼き尽《つ》くす。

昌浩の体内で、鼓動《こどう》が響《ひび》いた。ちり、とうなじに突き刺さるものがある。はっと息を呑《の》んで振り返ると、天狐凌壽が離《はな》れた場所にたたずんでいた。

腕を組んで面白《おもしろ》そうに戦いの行く末を見ている天狐に、丞按が罵声《ばせい》を浴びせた。

「凌壽よ、何を思ってこの化け物たちをこの地に連れ込んだ！」

烈火《れっか》のごとき怒りを受けてもまったく動じるふうもなく、凌壽は首を傾《かたむ》けて笑った。

「ここを作ったのは俺だからなぁ。好きなようにしたっていいだろう？　それに……」

昌浩と十二神将を一瞥《いちべつ》して、天狐は飄々《ひょうひょう》と肩《かた》をすくめる。

「俺の狙《ねら》いは晶霞だ。その子どもでは、奴《やつ》は出てこないんだよ。――だから、生《い》き餌《え》を放して待っている」

晶霞をおびき出すためには、昌浩よりも血の濃《こ》い、あの老人を引っ張り出さねばならないのだ。

昌浩の顔に驚愕が広がっていく。

「まさか、じい様を…!?」

「御名答。そろそろ出てくると思うんだよなぁ」

この言葉に、昌浩よりも十二神将たちが激しい反応を示した。

晴明が老体で出てくることはありえない。離魂《りこん》の術を駆使《くし》することは明白だった。だが彼は宣告されている。あと一回、それが限度だと。

「ばかな……！」

絶句する六合を面白そうに眺《なが》めやって、凌壽はふと眉を動かした。色のない屍蠟《しろう》の唇《くちびる》が、吊《つ》り上がる。一拍遅《いっぱくおく》れて、昌浩も気がついた。

「………っ」

昌浩は蒼白《そうはく》になった。この空間のどこかに、共振《きょうしん》する「血」の持ち主が降り立った。

同胞《どうほう》の気配を感じ取り、闘将《とうしょう》たちも色を失った。無数の気配が彼らの直感に突き刺さる。そして、それらに守られるようにして確かに存在している、人間の力。

「じゃあな、丞按。俺はあっちに用がある。ここはしばらく持つから、その娘《むすめ》を奪《うば》い返したかったら好きにしな」

水を向けられた章子が怯《おび》えるのをなだめながら、勾陣は丞按を睥睨《へいげい》した。

「手出しをするというならば、我ら三闘将が相手になろう」

丞按はぎりりと唇を噛《か》んだ。

先の術で法力の大半を使ってしまったのだ。眼前には無傷の十二神将三人と安倍の子ども。いくらなんでも、ここは引かねば不利だった。

「ちぃっ」

吐き捨てて丞按は身を翻《ひるがえ》す。同時に凌壽も地を蹴《け》った。

どちらを追わねばならないのか、それは明白だった。

「待て！　凌壽……！」

祖父の命を握るのは、天狐だ。

しかし、瞬《また》く間に天狐は姿をくらませる。昌浩は地団太《じだんだ》を踏《ふ》んで悔《くや》しがったが、すぐに思考を切り替《か》えた。凌壽は必ずや晴明の元に姿を現すはずだ。晴明を追い詰《つ》めれば天狐晶霞がやってくる、それを目論《もくろ》んで。

「じい様のところに行く！」

紅蓮が物の怪の姿に立ち戻《もど》り、同時に章子の視界から掻《か》き消えた。勾陣と六合が彼女の視界に映っているのは、彼らが神気を抑制《よくせい》していないからだ。

章子を抱えたまま、昌浩たちに従って勾陣も走り出す。

疾走する昌浩の背中を見つめながら、章子はほっと息をついた。

彰子は懸命に走っていた。

幻妖たちは変わらずに追ってくる。どこまで逃《のが》れればいいのか皆目《かいもく》見当もつかなかったが、とにかく走りつづけなければ命はない。それだけが確かなものだった。

「お姫《ひめ》、しっかり！」

足のもつれる彰子を必死で励《はげ》ます猿鬼に、蒼白になった彼女はそれでも無理に笑顔《えがお》を作ってみせた。

「だい……じょうぶ…」

だって、信じている。必ず守ると、生涯《しょうがい》かけて守ると約束してくれた、その言葉を。

何があっても彼がそれを違《たが》えることはないのだと、その手の甲《こう》に刻まれた醜《みにく》い傷とともに、彼女の心にはあの約束が根づいているのだ。

ふいに、恐《おそ》ろしい妖力が頰《ほお》を打った。

戦慄《せんりつ》が背筋を駆け上る。彰子の足は根を生やしたように動かなくなった。

目の前に、先ほど章子に迫《せま》っていた怪僧《かいそう》が突如《とつじょ》として姿を現す。

戦《おのの》く彰子を見た怪僧のほうも、驚愕《きょうがく》している様子だった。

「お前…なぜ…!?」

彰子は理解した。この男は、章子と自分を間違《まちが》えているのだ。では、彼女はなんとかして逃れることができたに違いない。

強張《こわば》る足を叱咤《しった》して、彼女は踵《きびす》を返した。

迫ってくる幻妖《げんよう》の群れ。前方には怪僧。

「お姫、こっち!」

猿鬼が示す側に走り出し、彰子は両手を握り締《し》めた。

逃《に》げなきゃ、逃げなきゃ。

わけがわからず一瞬茫然《いっしゅんぼうぜん》とした丞按は、しかしすぐに已《おの》れを取り戻した。

どうしてかは不明だが、中宮《ちゅうぐう》は再びひとりになっていた。あの忌々《いまいま》しい安倍の子どもと十二神将たちが姿を現す前に、今度こそ娘を捕《と》らえて、異形の魔物《まもの》を巣食わせる。

幻妖たちを従えて、丞按は錫杖《しゃくじょう》を手に、逃げる彰子を追いはじめた。

玄武と天后の作り出した隧道《ずいどう》を抜《ぬ》けて、晴明たちは異空間に降り立った。

囚《とら》われた彰子の気配を追って、かすかに残った天狐の軌跡《きせき》を晴明の術で浮《う》かび上がらせたのだ。玄武たちの神通力がそれを目印に路《みち》をこじ開け、人界とこの異空間をつないだ。

だが、それだけで晴明の力は激しく消耗《しょうもう》し、もはや立っているのがやっとの状態だった。

かすかによろめいた晴明を、玄武と天一が左右から支える。

「晴明様…！」

悲痛な面持ちの天一に笑って見せ、歳《とし》若い姿を取った晴明は気丈《きじょう》に命令をくだす。

「玄武、青龍、朱雀、天后」

名を呼ばれた四人がすっと表情を引き締める。晴明は、普段《ふだん》と変わらぬしっかりした声で言い放った。

「彰子様を探し出し、連れ戻せ。敵に対する容赦《ようしゃ》は無用、行け！」

着々と命を削《けず》っている主《あるじ》を残していくことは、身を切るよりもつらい行為《こうい》だった。だが、彼らは無言で四散する。

神将たちの気配が消えたのを確認《かくにん》して、晴明はふらりとよろめき、片膝《かたひざ》をついた。蒼白を通りこして色を失った頬は土気色で、死期が近いことを如実《にょじつ》に語っている。

「申し訳ありません、私たちがもっとしっかりしていれば……！」

そこまで言ったきり絶句する天一の頬を、幾《いく》つもの涙《なみだ》が滑《すべ》り落ちる。心優《やさ》しいこの少女がどれほど己れを責め苛《さいな》んでいるのか、晴明には手に取るようにわかった。

「案じることはない。お前の朱雀や、ほかの神将たちは頼《たの》もしい。必ずや彰子様を救い出す。そうだろう？　天一よ……」

慈愛《じあい》に満ちた眼差《まなざ》しが、天一の胸をえぐるようだった。彼女は袖口《そでぐち》で口元を押さえると、声を殺して肩を震《ふる》わせる。

ああ、天命に関《かか》わるものでなければ、いくらでもこの身に移して、主を救えるものを。

こういうときにこそ自分が役立たなければならないのに、実際はどうだ。無力さを嚙み締めてうつむいていることしかできないとは。

「…………！」

天一ははっとした。頰を滑る涙の粒《つぶ》が転がり落ち、そのきらめきが消える刹那《せつな》に凄《すさ》まじい妖力が襲《おそ》ってくる。

咄嗟《とっさ》に晴明の前に我が身を投げ出し、彼女は己れの持つ力を解放した。

瞬きひとつで創生された結界が、すんでのところで凌壽の爪《つめ》を食い止めた。一撃《いちげき》を弾《はじ》かれた凌壽は体勢を立て直し、立ちはだかる美貌《びぼう》の少女を凝視《ぎょうし》する。

しばらく黙《だま》っていた天狐《てんこ》は、目許《めもと》に剣吞《けんのん》さを帯びた天一を舐《な》めるように眺めたのち、感心した風情《ふぜい》で呟《つぶや》いた。

「へぇ……。十二神将というのは、女もいるんだなぁ。それも、とびきりのいい女だ」

「凌壽……！」

うめいた瞬間《しゅんかん》、晴明の体内で鼓動《こどう》が跳《は》ね上がる。内側にひそんだ異形の血が同胞の存在に反応して、人の身を脅《おびや》かすのだ。

真っ青になってうずくまる晴明に、天一は悲痛な声で叫《さけ》んだ。

「晴明様！」

「……奴《やつ》から…目を逸《そ》らすな……！」

息も絶え絶えになりながら、晴明は首をもたげる。青龍に重傷を負わせた天狐の力は凄まじい。天一の織り成す結界は相当の防御《ぼうぎょ》力を持っているが、それでもどこまで防げるか。

神に通じる異形の狐と、神の末席に連なる十二神将。力比べをしたとき、どちらに軍配が上がるのか。

動けない晴明を見て、凌壽はほくそえんだ。彼をかばうように両手を広げて立ちはだかる天一は、実は彼の眼中にはない。彼が本気を出せば、か弱い見てくれの神将を屠《ほふ》ることなど造作もないのだから。それにこの女は、先日対峙《たいじ》したふたりの神将より明らかに通力が劣《おと》っている。気概《きがい》があってもそこに伴《ともな》う実力がなければ、意味はないのだ。

「安倍晴明。今度こそ、晶霞を呼んで殺すための餌《えさ》になってもらうぞ」

凌壽の手に、珠《たま》が握《にぎ》られていた。それが閃光《せんこう》を発して凄まじい通力の渦《うず》を作り出す。

天一の結界が音を立ててきしんだ。彼女は懸命《けんめい》に結界を守ろうとするが、敵の力はあまりにも強い。

「このままでは……！」

天一の優しげな風貌《ふうぼう》が悔しさに歪《ゆが》んだ。自分には主を守ることすらできないのか。

「朱雀…、朱雀、お願い、この声を聞いて……！」

凌壽の放つ衝撃《しょうげき》の渦が何度も何度も叩《たた》きつけられる。それを全霊《ぜんれい》で跳ね返しながら、天一は喉《のど》の奥から声を振《ふ》り絞《しぼ》った。

「青龍…、玄武、天后、お願い……！」

この異空間がどれほどの広大さを有しているのか、彼女には予想もつかない。広大なだけではない。この空間を覆《おお》い尽くす冥《くら》い夜にも似た闇《やみ》は、放たれる同胞《どうほう》の神気を拡散させてしまうのだ。彼女の内なる叫びが同胞たちに届くのかすらも危《あや》うい。

「……誰か…応《こた》えて……」

晴明の命が、危険にさらされているのだ。誰でもいい、誰か。

「晴明様を、守って……！」

天一の結界が、堪《こら》えきれずに粉砕《ふんさい》する。激しい衝撃が天一と晴明めがけて襲いかかってきた。

彼女の喉から悲痛な叫びが迸《ほとばし》った。甚大《じんだい》な妖力が、目の前で主を襲う。

「――――っ！」

瞬間、激しい妖力を真っ二つに断ち割って、凄絶《せいぜつ》な通力の爆裂《ばくれつ》が駆《か》け抜けた。地表に二本の傷が穿《うが》たれ、そのあとをなぞるように灼熱《しゃくねつ》の闘気《とうき》が爆発《ばくはつ》する。

「晴明――――！」

怒号《どごう》とともに、白炎《びゃくえん》の龍《りゅう》が渦を裂《さ》いて放たれた。

崩《くず》れ落ちそうになった天一は、眼前を夜色の霊布が覆ったのを認めた。

「天一、じい様！」

子どもの声が鼓膜《こまく》に突《つ》き刺《さ》さる。鉛《なまり》のように重い首をもたげると、三闘将と昌浩が、凌壽と晴明たちを阻《はば》むようにして立ちはだかっていた。

紅蓮は激しくきらめく真紅《しんく》の眼《め》を凌壽に向けていた。

「己れ天狐、よくも晴明を……！」

彼の全身に立ち昇《のぼ》る神気が、触《ふ》れるだけで切れそうな鋭《するど》さを放つ。その闘気に煽《あお》られて、六合の霊布が翻《ひるがえ》った。彼の手に握られる銀槍《ぎんそう》の切っ先が不穏《ふおん》にきらめき、黄褐色《おうかっしょく》の双眸《そうぼう》が剣呑に輝《かがや》く。

二本の筆架叉《ひっかさ》を両手に構えた勾陣が、不穏な微笑《びしょう》をたたえて口を開いた。

「お前が天狐か……。我らが主にした仕打ち、その身をもって贖《あがな》ってもらう」

激する三闘将の戦意を向けられた天狐は、応えた様子もなく前髪《まえがみ》を掻《か》きあげた。

「あーあ、また神将が邪魔《じゃま》をするのか。まず全員殺したほうが楽かね」

その言いぐさが火に油を注ぐ。怒気《どき》もあらわに一歩前に出た紅蓮は、背後で血相を変える昌浩の叫びを聞いた。

「じい様、じい様！　しっかりしてください！」

「……昌……浩…」

重い瞼《まぶた》を開けた晴明は、昌浩の後ろに立ちすくむ少女を認めた。彼の邸《やしき》に住まう少女と同じ面差《おもざ》し。

「……あ……」

口を開きかけて、しかし晴明は胸を押さえて息を詰《つ》めた。血が荒《あ》れ狂《くる》っている。このままでは、自分のみならず昌浩の身にまで影響《えいきょう》が及《およ》びかねない。

昌浩を、自分から離《はな》さなければ。

天狐の血は、近ければ近いほど共振《きょうしん》するのだ。いくら道反《ちがえし》の丸玉に守られているとはいえ、それは完全ではない。

だんだん遠のく意識の中で、晴明は昌浩の狩衣《かりぎぬ》の袂《たもと》を握った。

「じい様？　じい様、返事してください！　じい様……！」

離魂術《りこんじゅつ》は霊力《れいりょく》を著しく消耗させる。そして、晴明の体にはおそらく、それに耐《た》えうるほどの体力がもはや残ってはいなかった。

十二神将たちはきっと彰子を救い出す。戻《もど》ったときに自分が事切れていても。

瞼の裏に十二の顔が浮《う》かんでは消えていく。徐々《じょじょ》に遠のいていく末孫の叫びを聞きながら、晴明は仄《ほの》かに微笑した。

ああほら、そんな顔をするでない、そんな声を出すでないよ。中宮がすっかり怯《おび》えてしまっている。早くかの方をお送り申し上げて、お前は彰子様とともに邸に戻りなさい――――。

心配はない。それを晴明は知っている。そのために術のすべてをこの子に伝えた。持たねばならない心のあり方を、そして想《おも》いの向け方を。

心残りなどというものはない。なぜなら、予想よりも早かっただけで、覚悟《かくご》はとうにできていたのだから。

◆　◆　◆

岩壁《がんぺき》に寄りかかったまま目を閉じていた晶霞は、ついと顔を上げた。それに気づいた高淤が目を細める。

「……やはり、同族の不始末は、この手でつけるべきだな」

誰にともなく呟いて、晶霞は忽然《こつぜん》と姿を消した。

風の運んできた言葉を聞いた高淤は、呆《あき》れたように髪を掻きあげた。

「……まったく、取り繕《つくろ》う必要など、ないだろうに」

◆　◆　◆

震《ふる》えが背筋を駆け上る。

それまで口元を飾《かざ》っていた笑《え》みをかなぐり捨てて、凌壽は天を振り仰《あお》いだ。

「来たか、晶霞！」

冥闇《くらやみ》に亀裂《きれつ》が走る。空間そのものを揺《ゆ》るがす衝撃が駆け抜《ぬ》けて、暴風が生じた。

反射的に障壁《しょうへき》を張りめぐらして仲間たちを守った六合は、暴風のただ中で相対しているふたりの天狐を認めた。

「あれが……晶霞？」

凌壽の作った異空間に侵入《しんにゅう》した晶霞は、荒れ狂う風に白銀の髪を翻しながら言い放った。

「こんな空間を作り出せるほどの力を、お前が持っているわけはない。……天珠《てんしゅ》を用いたか」

凌壽が凄惨《せいさん》に嗤《わら》う。

「そのとおり。おかげで、持っていたすべての天珠を使ってしまった。あとは」

ついと晶霞を指差して、凌壽はまなこをぎらつかせる。

「お前の天珠を奪《うば》って、九尾に捧《ささ》げる。……でないと俺が殺されるんだ」

天珠は天狐の命だ。それを奪われれば天狐は死ぬ。天珠の力を使い果たせば珠は砕《くだ》け散り、持ち主の天狐はやはり死ぬのだ。

通常の天狐に、これほどの空間を作り出し持続させる力はない。凌壽は、殺した同胞から奪った天珠を使い、己れの力は一切注いでいないのだった。

「それでもお前は、私にはかなわない」

冷然と断言する晶霞に、凌壽は反論しなかった。

「それだけの天珠をお前が持っていたと知っていたら、救ってやれたものを……」

痛ましげに呟《つぶや》いたとき、背後から飛び出す影《かげ》があった。

昌浩は晶霞の前に回りこんだ。突然《とつぜん》出てきた子どもの姿に、晶霞と凌壽のふたりが虚《きょ》を衝《つ》かれる。

昌浩は血相を変えて晶霞に詰め寄った。

「いまのは、どういうことだ⁉　救えるって、誰《だれ》のことを指してるんだ⁉」

晶霞は無言で背後を一瞥《いちべつ》する。その視線の先には、倒《たお》れたまま動かない安倍晴明の姿があった。晴明の周りに十二神将が集まっている。どうすることもできず、運命をただ甘享《かんじゅ》して、消えていく命の灯火《ともしび》を見ているしかできない不甲斐《ふがい》なさに、唇《くちびる》を嚙《か》み締《し》めながら。

思わぬ展開に凌壽は口端《こうたん》を吊《つ》り上げた。暴風に掻き消されないよう声を張り上げ、昌浩の意識を自分に向けさせる。

「この『血』が安倍晴明の命を削《けず》る。同時になぁ、子どもよ、俺たちの命とも言うべき天珠の力があれば、その命を存《なが》えさせることはできるのさ」

昌浩は瞬《まばた》くことも忘れて凌壽を見つめた。そのまま晶霞に視線を滑《すべ》らせると、少女のような風貌《ふうぼう》の天狐は黙《だま》ったまま頷《うなず》く。

「……なら…」

かすれたささやきを遮《さえぎ》って、凌壽が昌浩の心に杭《くい》を打ち込んだ。

「だが、俺はどうすればいいのか、そんな方法は知らないのさ。そこの晶霞だったら知っているだろうが……」

晶霞の顔から表情が消える。

「自分の命と引き換《か》えに、助けてやることなんてできないだろうよ」

凌壽の哄笑《こうしょう》が轟《とどろ》いた。

昌浩は愕然《がくぜん》と立ちすくんだ。延命の方法を知っているのは、この晶霞だけ。だが、助けるために は彼女の命と引き換えだというのか。

同族の血を引いているとはいえ、本来だったらなんの関《かか》わりも持たない人間のために、そんなことを望めるはずがない。

希望が、ついえてしまった――――。

「いいや！」

力強い叫《さけ》びが昌浩の頰《ほお》を打った。無意識に視線を向ければ、十二神将紅蓮と勾陣が晶霞のすぐ後ろに迫《せま》ってきていた。

紅蓮は真紅の瞳《ひとみ》で凌壽を睨《ね》めつけた。

「天狐よ。天珠とやらが力の源というなら、貴様もそれを持っているのだろう」

「ならば、その天珠を貴様から奪えばすむ、それだけのことだ」

紅蓮のあとを引き継《つ》ぐように断言し、勾陣は筆架叉《ひっかさ》を構える。

先日、十二神将青龍と対峙《たいじ》し、深手を負わせた相手だ。が、紅蓮と勾陣が本気でやりあえば、さすがに凌駕《りょうが》できるはず。できなくとも、拮抗《きっこう》すれば六合と天一がいる。数で勝《まさ》っているこの状況《じょうきょう》ならば、勝機はあるはずだ。
晶霞はかすかに瞼を震わせた。
「……確かに、そのとおりだ」
昌浩は目を見開いた。希望が、つながった。
安堵《あんど》が胸中に広がっていく。
ほっと息をついた昌浩は、その刹那《せつな》悲鳴を聞いた。
——助けて……！

11

想像を絶する恐《おそ》ろしい事態のただ中に放り出されて、中宮《ちゅうぐう》章子は意識を失わずにいるだけで精いっぱいだった。

式神たちが囲んでいる青年は、いまにも事切れそうに衰弱《すいじゃく》している。

これは、誰なのだろう。どうしてこんなことになっているのだろう。

わからないことだらけだった。

章子は震えながら昌浩を見つめた。早く土御門殿《つちみかどでん》に帰りたい。こんな恐ろしいところには、もういたくない。

「……………？」

章子は訝《いぶか》るように首を傾《かし》げた。

昌浩がこちらを見ている。自分を見ているのかと思ったが、そうではないとすぐに悟《さと》った。

彼は章子を見ているのではなく、章子を素通《すどお》りしてはるか彼方《かなた》を茫然《ぼうぜん》と見つめているのだ。

それに気づいたのは章子だけだった。式神たちはそれぞれに余裕《よゆう》を失っており、彼の様子にまで気が回らない。

昌浩の唇が小さく動いた。何を言っているのか、最初彼女の耳には届かなかった。

だが、唐突《とうとつ》に駆《か》け出して昌浩が叫ぶ。

「彰子────!」

昌浩はそのまま、脇目《わきめ》も振《ふ》らずに疾走《しっそう》していく。晴明のことも、章子のことも、すべて思惟《しい》から抜け落ちてしまったかのようにして。

突如《とつじょ》として戦線を離脱《りだつ》した昌浩を見送った凌壽は、軽く首を傾げてから目を見開いた。

「……ああ…! もうひとりの娘《むすめ》が、丞按に捕《つか》まったなぁ」

十二神将たちは、一瞬《いっしゅん》理解できずに絶句した。

もうひとりの娘。誰のことだ。

が、凌壽が章子を一瞥すると、すべてを諒解《りょうかい》して血相を変える。

「彰子姫《ひめ》が、ここにいるのか……!?」

さすがに取り乱した勾陣に、そのことを思い出した天一が顔を上げる。

「ええ…。姫を救うために晴明様は、我々を伴《ともな》ってここへ……」

「なぜそれを先に言わなかった!」

さすがに平静さを欠いた六合の叱責《しっせき》が天一の肩《かた》を打つ。天一はぐっと唇を噛んでうつむくしかできなかった。晴明の様子に気を取られて彰子のことが抜け落ちていたことは、確かに自分の非だ。

一同の意識が自分から逸《そ》らされた隙《すき》をついて、凌壽は突然地を蹴《け》った。

はっとした晶霞の懐《ふところ》に飛び込んで、長く変化した鋭利《えいり》な爪《つめ》を彼女の喉笛《のどぶえ》めがけて突《つ》き込む。

「天珠をよこせ…！」

晶霞の双眸《そうぼう》をまっすぐに見据《みす》えて嗤う凌壽の爪を、しかし晶霞は髪《かみ》一筋で回避《かいひ》した。薄皮《うすかわ》一枚を犠牲《ぎせい》にして攻撃《こうげき》を受け流し、晶霞の銀髪《ぎんぱつ》が大きく翻《ひるがえ》る。

凄《すさ》まじい神通力の爆発《ばくはつ》が生じた。

それまで体感したことのない異様な通力の波動が十二神将たちを圧倒《あっとう》した。

「これが、天狐……！」

絶句する紅蓮と勾陣の視線の先で、晶霞のしなやかな腕《うで》が一閃《いっせん》する。

彼女の胸元《むなもと》にかかる天珠が発光した。眼前に迫っていた凌壽の爪を叩《たた》き折り、晶霞はそのまま妖《あやかし》の腕を掴《つか》み上げ、無造作に力を込めた。通力の波動が沸《わ》き起こり、白熱の波紋《はもん》が幾《いく》つも広がっていく。

乾《かわ》いた音が響《ひび》いた。折られた腕が熱を帯び、皮膚《ひふ》が裂《さ》けて血が噴《ふ》き出す。腕そのものが神通力でちぎり取られる寸前に、たまらずに凌壽は晶霞の腕を振り払《はら》い、飛び退《すさ》った。

圧倒的な力の差があった。

「くそ…っ。さすがは、天狐族最強の天珠を持つ者よ」

青ざめた面《おもて》を嗤笑《ししょう》の形に歪《ゆが》め、凌壽は腕からしたたる鮮血《せんけつ》を無造作に払う。

「その天珠がほしいと九尾が望んでいる。お前の存在が邪魔《じゃま》なんだよ」

呪《のろ》うように吐《は》き捨てる凌壽を、晶霞は凝然《ぎょうぜん》と見据えていた。

「失《う》せろ、凌壽よ。だが、同族殺しの咎《とが》、いずれ必ず贖《あがな》わせる」

低く言い放つ晶霞を雷光《らいこう》にも似た凄まじい眼光で凝視《ぎょうし》していた凌壽は、あらぬ方に曲がってまったく動かない腕を抱《かか》えながら、ちっと舌打ちした。

このままでは絶対的に不利だ。妖は身を翻した。

「またな、晶霞」

呑《の》まれたように動けなかった十二神将たちがはっと我に返り、凌壽を追おうとしたときには、その姿はどこにも見出《みいだ》せなかった。

消えてしまった凌壽を追うよりも、昌浩を追うことを優先して、紅蓮は物の怪に転じて走りだす。

六合もまた、晴明を天一に預けて物の怪に並走していく。

残された天一は、章子の身の安全を確保しながら、消え行く晴明の命の火を守ることに懸命《けんめい》になった。

「私の命を、少しでも分け与《あた》えることがかなうなら……！」

が、彼女の耳に厳《おごそ》かな制止が突《つ》き刺さった。

《──ならぬ》

天一は瞠目《どうもく》した。彼女の瞳がみるみるうちに大きく揺《ゆ》れて、とめどない涙《なみだ》があふれ出た。

「なぜ…！　なぜですか!?　この方は我らの主《あるじ》です。生きてほしいと、そう願うのは真実であるのに、なぜそれを阻《はば》まれるのですか！」

たまらなくなって、天一は悲痛な叫びをあげた。

「お答えください、天空よ……！」

しかし、返答はない。天一はそのまま泣き崩《くず》れた。

彼女の瞳からこぼれる涙が、晴明の頰に落ちる。血の気の失せた肌《はだ》を滑って、涙の粒《つぶ》が衣《ころも》に吸い込まれていくのを、彼女はただ見ていることしかできなかった。

無力さに歯嚙《はが》みしながら同胞《どうほう》の叫《さけ》びを聞いていた勾陣は、静かにそれを見守っている晶霞に一瞥《いちべつ》を投げかけた。

「……お前は凌壽の力を凌駕するのだろう」

晴明からそう聞かされた。凌壽は晶霞によって退けられたのだと。そして、いままさに、天狐晶霞は凌壽を圧倒して見せた。それなのに。

勾陣の瞳が苛烈《かれつ》にひらめいた。

「ならば、なぜ手をこまねいている。安倍晴明がお前たちの眷族《けんぞく》であるというなら、なぜ助けない!?　お前があの天狐を討《う》ち果たせば、それで決着がつく！」

激する勾陣を静かに見返して、晶霞はおもむろに答えた。

「………あれは、我が弟だ」

思わぬ告白に、さすがの勾陣も絶句した。

あれほど執拗《しつよう》に追撃《ついげき》され、眷族を囮《おとり》に使われて、それでも手にかけることができないのは、すべての仇《かたき》でありながら、たったひとり血を分けた肉親だからにほかならない。

沈黙《ちんもく》する勾陣から晴明に視線を向け、晶霞はかすかに目を伏《ふ》せた。

「救えるものならば救ってやりたいが……いまはまだ、凌壽を殺せない」

「なぜ」

「それはお前たちとは関わりのないこと。ときがくれば討つこともできようが……まだ早い」

それきり押し黙《だま》る晶霞は、勾陣が何を言ってもそれに対して答えることはなかった。

降参した勾陣が晴明の傍《かたわ》らに膝《ひざ》をつくと、彼らの主はもはや虫の息だった。

「……晴明、まだだ。まだ、お前の孫が戻《もど》らない」

せめて、彰子を連れて戻ってくるまで。もう一度その顔を見てやるまで、逝《ゆ》くな——。


丞按の放った幻妖《げんよう》に、猿鬼と一つ鬼は踏《ふ》みつけられてじたばたと足掻《あが》いていた。

「放せ、放せよう！」

「お姫に触《さわ》るな、放せばかやろう！」

二匹《ひき》とも怖《こわ》くて怖くてたまらなかったが、自分たちしか彰子を守ってやれるものはいないのだ。どんなに恐ろしくても、逃《に》げ出すわけにはいかなかった。

彰子は幻妖たちに囲まれ、散々いたぶられてぼろぼろになっていた。単衣《ひとえ》のいたるところが切り裂かれて、血がにじんでいる。獣《けもの》が餌《えさ》を弱らせてから食らいつくように、のらりくらりと追い詰《つ》めているのだ。

躍《おど》りかかった幻妖の鋭《するど》い爪が頬《ほお》を掠《かす》めた。ちりとした痛みがあって、生あたたかいものが流れ出す。均衡《きんこう》を崩してよろめき、砕《くだ》けそうになる膝ががくがくと笑っている。

それでも彰子は、気丈《きじょう》に顔を上げていた。

幻妖を操《あやつ》る丞按を見据えて、震《ふる》える足が萎《な》えてしまわないよう、最大限の勇気を振り絞《しぼ》る。

「私を、どうするつもりなの……？」

丞按は違和感《いわかん》を覚えた。先ほど捕《と》らえたときには、まったく抵抗《ていこう》することもできずにただ震えていただけだったのに。

恐怖《きょうふ》のあまり、たがかはずれて最後の足掻きをしているのか。いままで邸《やしき》の奥で静かに暮らしていた大貴族の姫だ。許容量を超《こ》えた恐怖のあまり、感情が麻痺《まひ》したのかもしれない。

そう結論づけ、丞按は錫杖《しゃくじょう》を打った。しゃんと音がする。その音がじわじわ広がって、何人も侵入《しんにゅう》できない囲みを作り出した。

「さっきは邪魔が入ったからな」

ちっと舌打ちをして顔を歪めた丞按は、じりじり彰子に詰め寄った。

「今度こそ、安倍のあの子どもが手出しできぬよう、この結界は不破の障壁《しょうへき》よ」

破るためには、化け物の力を解放するしかない。しかしそんなことをすればあの子どもは死ぬし、そもそもここまでたどりつけるかどうかもわからないのだ。

丞按の吐き捨てた言葉が、彰子の胸を震わせた。

「……安倍……の……」

「そうとも、小癪《こしゃく》な安倍の、化け物の血を引く子どもよ」

彰子は言葉もなく瞠目する。

「二度までも邪魔《じゃま》立てはさせん」

あまり時間はない。凌壽の作ったこの異空間に、幾つもの侵入者が徘徊《はいかい》しているのを感じる。安倍晴明率いる十二神将が、各所に散っているのだ。

連れ去られた中宮を取り戻すために動き出したに違《ちが》いない。ならば、一刻も早くことをなし、奴《やつ》らの裏をかく。

空間を満たした冥夜《めいや》の影《かげ》は、十二神将から自分たちの力を隠《かく》す。丞按はくつくつと喉《のど》の奥で笑った。

「さぞ驚《おどろ》くだろうよ。いつの間にやら中宮が、一見無傷で戻っていたらな……」

そして、奴らは気づけぬままに、この丞按の企《たくら》みを見逃《みのが》してしまうのだ。

丞按の両目が冥《くら》く苛烈にきらめいた。

「お前は、一族を滅《ほろ》ぼすための布石だ……」

彰子は気迫《きはく》に呑まれそうになりながら、傷だらけの手で左手首を握《にぎ》り締《し》めた。魔除《まよ》けだという、瑪瑙《めのう》の丸玉。昌浩がくれた、お守りだった。

信じている。だって彼は約束した。絶対に、違《たが》えないと。

最後の最後まで、信じている。

錫杖を掲《かか》げた丞按が唸《うな》る。

「オン……！」

先端《せんたん》の先に立ち昇《のぼ》って集結していく玄《くろ》い陽炎《かげろう》。それは、丞按の全身から発されているものだった。そんなものをただの人間がどうして放つことができるのか、彰子にそれを知る術《すべ》はない。

気力を振《ふ》り絞って、彰子は震えを押し殺した。おぞましい怪僧《かいそう》から、決して目はそむけない。

脳裏《のうり》に、見えるものがあった。それは、物の怪とともに自分をいつも守ってくれる、少年の姿だ。ときに優《やさ》しく、ときに厳しく、自分に向けられる力強い眼差《まなざ》し。

いつだって昌浩はきっと、こんなに恐《おそ》ろしい想《おも》いをしていたのだ。誰《だれ》かのために。彰子のために。

どんなに恐ろしくても、つらくても、傷を負っても。背を向けることなく、痛みを抱《かか》えて苦しみをいだきながら、それでも彼は絶対に負けなかったのだ。

彰子はそれを知っている。彼女の胸に刻まれた想いとともに。

そんな彼を、信じている――。

「お姫《ひめ》――！」

猿鬼が絶叫《ぜっきょう》した。一つ鬼が言葉にならない声で号泣している。それが幻妖たちの咆哮《ほうこう》に掻き消された。

――刹那《せつな》。

「彰子に、触るな――！」

轟《とどろ》くような怒号《どごう》とともに、想像を絶する力の渦《うず》が不破の障壁を木《こ》っ端微塵《ぱみじん》に打ち砕いた。

彰子だ。

我を忘れて疾走《しっそう》しながら、昌浩は確信していた。

さっきの声。あれは絶対に彰子のものだ。

先ほど救った中宮と同じ声。誰もが聞き間違《まちが》うであろうその声は、しかし昌浩にだけは聞き分けることができる。

なぜなら、魂《たましい》が違う。心が違う。——星宿が、違う。

昌浩の命に刻まれた過去の記憶《きおく》がそれを教えてくれる。

約束をした。生涯《しょうがい》かけて彼女を守ると。この命と引き換《か》えにしても守ると決めた、たったひとつの魂だ。

驚くほどの速さで駆けていく昌浩を追いながら、物の怪と六合は顔を見合わせた。

「こいつ、脇目《わきめ》も振らないで走ってるが、ほんとに彰子がいるのか？」

「わからん。だが、陰陽師《おんみょうじ》の直感だ」

頷《うなず》きかけて、しかし物の怪は頭《かぶり》をふった。

「いや……、違うな。陰陽師だからじゃない、彰子だからだ」

六合は押し黙った。そういう想いを、彼は知っている。胸元《むなもと》で揺《ゆ》れる勾玉《まがたま》の紅《あか》が視界の片すみに掠めて、六合はかすかに目を細めた。

昌浩の背を越《こ》えて彼方《かなた》に視線を投じた物の怪は、夕焼けの瞳《ひとみ》をきらめかせた。額を飾《かざ》る花のような模様が光を帯びる。

「……見ろ、大したもんだ」

昌浩が向かう先に、恐ろしい法力で織り成された結界があった。その内部で蠢《うごめ》く無数の幻妖。距離《きょり》があるにもかかわらず、凄《すさ》まじい力で織られているのがわかった。

昌浩は歯嚙《はが》みした。自分の力では、――ただの人間の力では、あれを破ることは難しい。

墨染《すみぞめ》の怪僧が掲げた錫杖の先端に漂《ただよ》うおぞましい異形。その目が捉《とら》えているのは、白い単衣の少女だ。

昌浩は目を見開いた。心臓が不穏《ふおん》に脈動する。

結界の中で、単衣のところどころに赤いものがにじんだ姿。頬を染める赤いものが襟《えり》にまでしたたり落ち、けれども、肉迫《にくはく》するおぞましい異形を毅然《きぜん》と見返す強い瞳。

「あ……！」

異形が彰子に躍《おど》りかかろうとしている。

それを目撃《もくげき》した瞬間《しゅんかん》、昌浩の心の掛《か》け金《がね》が弾《はじ》け飛んだ。あの結界は、自分の力では破れない。

『人』の力では到底《とうてい》。――だが。

どくん。

心臓よりももっとずっと深い場所が、激しく鼓動《こどう》した。自分の身の危険も、天命を蝕《むしば》む代償《だいしょう》も何もかも、すべてがその瞬間脳裏から掻き消えていた。

体の最奥《さいおう》で炎《ほのお》が燃え上がる。昌浩の全身から凄まじい通力が迸《ほとばし》った。立ち昇る仄白《ほのじろ》い炎の影。

物の怪と六合は息を呑《の》んだ。

「まずい、天狐《あまきつね》の血が……！」

物の怪の叫《さけ》びが掻き消される。昌浩のまとう狩衣《かりぎぬ》の下で、鈍《にぶ》い音がびしりと響《ひび》いた。かすかなその音を捉えて、六合が小さくうめく。

「丸玉が……！」

天狐の血を抑制《よくせい》するための神具が、力の強さに耐《た》えかねて砕《くだ》け散ってしまったのだ。それほどに強い脈動を生み出したのは、昌浩自身の心だ。

丞按の力は強い。通常のままでは及《およ》ばない。それを知っている昌浩は、無意識に力を解放した。

約束をした。──守ると。命に替《か》えても、ただひとり。生涯《しょうがい》違えぬ、この魂に刻んだ約束。

仄白い炎が昌浩の全身を包み込む。彼はそのまま印を結んで、怒号した。

「彰子に、触《さわ》るな──────！」

不破の障壁は、いともたやすく打ち破られた。

さすがに予想だにしていなかった事態に、さしもの丞按も反撃《はんげき》が遅《おく》れる。

昌浩はたたみかけるように刀印《とういん》を振り下ろした。

「オンハンドマダラ、アボキャジャヤニソロソロソワカ！」

白光の一閃《いっせん》が幻妖《げんよう》を瞬時に蹴散《けち》らし、刹那《せつな》遅《おく》れて爆風《ばくふう》を呼び起こした。群がっていた残りの幻妖たちが一斉《いっせい》に巻き上げられる。

丞按が目を剝《む》いたのはほんの一瞬で、彼はすぐさま自分を持ち直し、錫杖《しゃくじょう》を横殴《よこなぐ》りに払《はら》った。放たれた法力が使い魔である幻妖たちすら真っ二つに切り裂《さ》いて、昌浩に振りかかる。しかしそれを気合で撥《は》ね飛ばし、昌浩はさらに印を結んだ。

「オンアビラウンキャン、シャラクタン…！」

昌浩の体を包む炎がより一層強くなる。爆発する霊力《れいりょく》に天狐のそれが混ざっているのを、丞按は明確に感じ取った。

「ちいっ…」

術を二度も破られて、自分の法力は削《そ》がれている。一方の昌浩はといえば、体の限界や命の危険など度外視しているように、がむしゃらに立ち向かってくるようだった。

我を忘れている者の強さはときにすべてを凌駕《りょうが》する。よしんば討てたとしても、自分も相当の痛手を受けるだろうことは想像に難《かた》くない。

丞按は錫杖を引いた。憎々《にくにく》しげに顔を歪《ゆが》めながら、杖《つえ》の先で地に横一文字の筋を引く。

「禁！」

咆哮にも似た叫びが轟き、昌浩の裂帛《れっぱく》を弾き返すと、丞按はそのまま闇《やみ》に紛《まぎ》れた。

幻妖たちがざっと崩《くず》れて掻《か》き消える。主に見捨てられたのか、はたまた昌浩の力で妖力すべてが相殺《そうさい》されてしまったのか。いずれにしても、敵影《てきえい》は完全に消失したのだ。

白い炎に包まれて激しい呼吸を繰《く》り返し、昌浩はふいに目を見開いた。激しい脈動が絶え間なく全身を駆《か》けめぐる。

「……昌…浩…」

それまで茫然《ぼうぜん》と立ちすくんでいた彰子は、ようやくそれだけ呟《つぶや》いた。

信じていた。だって知っていたから。何があっても必ず来てくれる。そのことを。

一年前に、初めて異邦《いほう》の妖異《ようい》から守ってくれたあのときから、ずっとずっと知っていた。

それまでずっと左手首を握《にぎ》り締《し》めていた指を解いて、彰子はようやく顔を歪めた。

「…………！」

泣くまいと決めていた。泣けば心の堰《せき》が崩れる。そうしたらきっと負けてしまうから。

視界が大きく揺れて熱いものがこみ上げる。息を吸い込んだ喉《のど》が引き攣《つ》れた様な音を立てて、彰子は堪《こら》えきれずに目を閉じた。瞼《まぶた》の間から涙《なみだ》がとめどなくこぼれ落ちる。

「お姫、お姫、大丈夫《だいじょうぶ》かぁ」

「ごめんよぅ、ごめんよぅ。俺たち弱いから、なんにもできなくて……」

よろよろと近づいてきた猿鬼と一つ鬼の前にしゃがみこんで、彰子は懸命《けんめい》に呼吸を整える。

けれども、どんなに頑張《がんば》ろうと思っても、もう立ち上がることはできなかった。

ふいに、彰子の心臓が不自然に跳《は》ね上がった。予感が胸を刺《さ》す。不穏なものが背筋を駆け上がり、彼女は無意識に顔を上げた。

そして、信じられない光景を見た。


「昌浩！」

物の怪が色を失って叫ぶ。六合もまた血相を変えていた。

彼らの前で、昌浩が胸元を押さえたまま立ちすくんでいる。その全身を包む灰白い炎が、いっそうの強さと輝《かがや》きを得て天を衝《つ》くほどに広がっていくのだ。

どくん。

昌浩は胸をかきむしるようにして目を閉じた。

熱い。

それまでとは明らかに違《ちが》った熱が、全身を包んでいる。

身の内に眠《ねむ》っていた力が完全に覚醒《かくせい》し、人の殻《から》を破って外に出ようと暴れまわる。

天狐の血が、その力が、身の内から彼自身を蝕んで、命を掻き消すほどに。

「あ……ぁ…………っ…！」

堪えきれずにくずおれて、昌浩は文字通りのたうちまわった。

苦痛などという生易《なまやさ》しいものではない。筆舌《ひつぜつ》に尽《つ》くしがたい苦しみが彼を苛《さいな》んだ。

これが代償だ。力を解放する代わり、命を削《けず》り体を痛めつけ、天命を脅《おびや》かす。天狐の血は諸《もろ》刃《は》の剣《つるぎ》。

それでも。無我夢中で地を掻きながら、彼は決して後悔《こうかい》していなかった。

最後に見た視界の中で、安堵《あんど》に包まれて泣き出す彼女の姿があった。生きていることを確認《かくにん》できたから、それだけでいい。

「昌浩…っ、の……っ」

力の激しさに押し返されて、物の怪と六合は昌浩のそばに寄ることさえできなかった。近づこうとしても天狐の力がそれを阻《はば》む。威嚇《いかく》するようにひときわ強い波動が生じ、それに伴《ともな》って昌浩の苦痛が一層増す。

「くそ…っ、このままじゃ…!」

焦《じ》れたように吐《は》き出した物の怪は、夕焼けの瞳《ひとみ》を大きく見開いた。

猿鬼と一つ鬼が文字通り飛び上がる。

「お姫《ひめ》…!」

「危ない、よせよ!」

だが、彰子はそれを聞かなかった。

すでに自我を失っている昌浩に、這《は》うように必死で近づいていく。

「…………っ」

声にならない悲鳴が少女の唇《くちびる》から漏《も》れた。神通力の激風が阻もうとするのを歯を食いしばってやり過ごし、全力を振《ふ》り絞《しぼ》って歩みを進める。

「彰子姫……！」

感嘆《かんたん》するように呟く六合の隣《となり》で、物の怪が眉《まゆ》を吊《つ》り上げる。

「無茶《むちゃ》だ…！　お前はただの人間なんだぞ、それを…」

十二神将ですら近寄らせない、暴走した天狐の力。そのただ中に脆弱《ぜいじゃく》な人の体で挑《いど》むなど、無事でいられようはずがない。

無茶なのは、彰子もわかっていた。自分がどんなに非力で、ただ視《み》えるだけで、役立たずなのかも知っている。それなのに無茶をしようとして、何度彼に叱《しか》られたかわからない。

「……だから…」

ほら、無茶をしているでしょう。だから、あとでちゃんと叱ってね。

ねぇ昌浩、ひとつだけでいいから教えてほしい。あなたのために。

「…私にできることは……何…？」

あの恐《おそ》ろしい男が、この少年を「化け物」と呼んだ。確かに、これほどの力を持つ人間など、いるはずがない。

だが、知っている。彼が、人の心を持つことを。それだけが真実だということを。

もがき苦しむ昌浩の手を懸命に摑《つか》んで、彰子は悲痛な声を振り絞った。

「昌浩……！」

熱いほどの炎《ほのお》に煽《あお》られて、彰子は息を詰《つ》めた。肌《はだ》が火傷《やけど》しそうに熱い。吸いこんだ熱が肺を焼くほどで、苦しさに眩暈《めまい》がする。

彰子は唇を噛《か》んで堪えながら、もがく昌浩を力の限りに抱《だ》きしめた。

彼女の頬《ほお》の傷から流れ落ちていた血はすでに乾《かわ》いて、赤黒くこびりついている。単衣の各所も血に染まって、本当にぼろぼろだった。

あふれた涙が頬の傷に触《ふ》れて、ほんの少ししみる。滴《したた》ったしずくが昌浩の頬に落ち、弾《はじ》けた。

すっかり乱れた彼女の黒髪《くろかみ》が通力の風に煽られて、大きく撥ね上がった。

◆　◆　◆

あつい。

熱い。

熱い。

身の内が灼《や》ける。魂《たましい》が灼ける。すべてが白い炎に灼き尽くされる。

これが、決して解放してはならない力を解き放った我と我が身に課せられた代償《だいしょう》。

熱い。熱い。
炎の爆《は》ぜる音がする。魂が焼け焦《こ》げて、人の心が削《そ》ぎ落とされていくのを感じる。
熱い。あつい。熱い。
——………!
冷たいしずくが、頰に落ちてきた。
それはすうっと広がって、あれほどに熱かった炎を鎮《しず》めていく。
何もない冥闇《くらやみ》に、光が灯《とも》った気がした。
それまで固く閉ざされていた五感が解放されて、鼓膜《こまく》に小さな音が届いた。
それは規則正しく、繰り返し繰り返し響《ひび》く音。
魂が記憶《きおく》している、懐《なつ》かしい音。
この音を知っている。
これは。
これは——。

◆　◆　◆

音だ。音がする。絶え間なく響く、命を刻む音。
のろのろと瞼《まぶた》を開けると、赤く汚《よご》れた白い単衣が見えた。
か細い腕《うで》が自分を抱きしめている。すぐ近くで聞こえるのは、力強く響く鼓動《こどう》の音。
人の命を示す、ぬくもりを生み出す音。
ぱたりと、頰に冷たいしずくが落ちてきた。
目線だけ動かすと、乾いた血のこびりついた頰から伝い落ちるしずくが見えた。
うまく動かない指を懸命《けんめい》に動かして昌浩は、彼女の単衣の袂《たもと》を摑んだ。
「…………！」
心が震《ふる》える。
見たくないものは、彼女の苦しむ姿。彼女の悲しむ姿。
そして、彼女の瞳から涙《なみだ》がこぼれ落ちる様。
ああ。
昌浩は目を閉じた。
規則正しく響く鼓動の音が。人の心の音が。
頰に落ちる冷たいしずくが。
彼女の、強くも優しい、ぬくもりが。
異形の血に吞《の》まれかけたこの魂を、つなぎとめたのだ。

天狐《てんこ》の力が発動した。

それに気づいた晶霞は、小さく息を呑んだ。

凄《すさ》まじい爆発《ばくはつ》だ。これは、覚醒《かくせい》させた人間も生きてはいまい。

我が身と命を焼き尽くすほどの力の放出。いったい何が、あの子どもを駆《か》り立てたのだろう。

年頃《としごろ》の子どもが持つ過敏《かびん》さで不穏《ふおん》な気配を感じ取った章子が、怯《おび》えたように身をすくませる。

晶霞はこともない口調で言った。

「あの子どもが、力を解放させた。――愚《おろ》かな」

言葉とは裏腹に、天狐の顔には痛むような表情が見え隠《かく》れしている。

それが唐突《とうとつ》にやんだ。

勾陣と天一ははっと息を呑んだ。天狐の通力が瞬《また》く間に掻《か》き消えて、余韻《よいん》すら残さずに収束していく。

これが意味するのは、いったい。

最悪の予想が彼らの脳裏《のうり》をよぎった。十二神将は、晴明のみならずその後継《こうけい》までもを同時に失ってしまうのか。

晴明を置いて動くこともできず、彼らは重苦しい沈黙《ちんもく》の中で時を数えた。

散じていた十二神将たちがようやく異変に気づいて徐々《じょじょ》に立ち戻《もど》ってくる。彼らはみな晴明の姿を見て、言葉を失い沈鬱《ちんうつ》な表情を作った。

中でも青龍の激昂《げっこう》は凄まじい。摑みかかりそうな眼差《まなざ》しで晴明を睨《にら》んだあとで、拳《こぶし》を握《にぎ》り締《し》め目をそむける。その隣で天后が、両の手で顔を覆《おお》っていた。

さわりと風が動いた。

晶霞がついと顔を上げる。勾陣がそれにならい、彼女の視線を追った。冥夜《めいや》の彼方《かなた》から、幾《いく》つかの影《かげ》が現れる。それは少しずつこちらに近づいてくるのだった。

腕を組んでいた天狐がそれをほどき、天を仰《あお》いで厳《おごそ》かに口を開いた。

「……朋友《とも》の願いを聞け」

誰《だれ》もが胡乱《うろん》げに視線を投じる中で、晶霞の涼《すず》やかな声が響き渡《わた》る。

「天地開闢《てんちかいびゃく》から数えた神よ、その力を貸し与《あた》えよ。――――我らが眷族《けんぞく》の命、いましばらくここに留《とど》めおけ」

誰もが息を呑んだ。晶霞の青灰《せいかい》の瞳《ひとみ》が鋭利《えいり》にきらめく。

「高淤よ。聞こえるならば、答えろ……！」

沈黙が辺りを満たしたとき、昌浩たちはようやく晴明の許《もと》にたどりついた。

それまで彰子の肩《かた》を借りるようにして足を進めてきた昌浩は、力尽《つ》きたように膝《ひざ》をつく。その横に、こちらも満身創痍《そうい》となった彰子がくずおれた。ぼろぼろの単衣の上に羽織っている夜色の霊布《れいふ》は、六合のものだ。

不機嫌《ふきげん》そうな物の怪のもとに勾陣が歩み寄り、伺《うかが》うように膝をつくと、夕焼けの瞳が憤然《ふんぜん》と輝《かがや》いた。

「自分で歩くと言って聞きゃしねぇ。頑固者《がんこ》め……！」

物の怪の後ろで六合が、同意だと言わんばかりの様子で頷《うなず》く。

昌浩は憔悴《しょうすい》しきった様子で、晴明の袂を摑《つか》んだ。

「……じい…様……」

小さい頃《ころ》からそうしているように、昌浩はそのまま晴明をじっと見つめた。本当に言いたくて、でも言ってはいけないことを抱《かか》えるとき、昌浩は祖父の袂を摑んで放さなかった。

そして、そんな昌浩を晴明は、いつもいつも苦笑《くしょう》混じりに指弾《しだん》して、膝を折り目線を合わせて言うのだ。

——どうした、昌浩や

あるいは、立ち止まる孫の背を押すために、彼が言ってほしいことを正確に口にする。

ずっとずっと、そうやって晴明は、昌浩の成長を見守ってくれていた。

「……じい様……」

本当に言いたいこと、それは。取り繕《つくろ》うこともなく、偽《いつわ》ることも飾《かざ》ることもなく、いま本当にいだいている願い、それは。

「……死んだら…やだよ…！」

顔をくしゃくしゃに歪《ゆが》めて昌浩はうめいた。

魂魄《こんぱく》のみの晴明の姿は、徐々に薄《うす》まってきている。完全に消えてしまうとき、それが命の火が消えたときなのだ。

意味などないとわかっていても、逃《のが》さないように懸命に、昌浩は祖父の袂を握り締めた。

「やだよじい様…じい様…！」

ばあ様、ばあ様、待ってるのは知ってる。でも、まだ連れて行かないで。

まだまだ、教えてほしいことがたくさんある。

すぐ近くにいてくれなければ。振《ふ》り返ったときにそこにいてくれなければ。

自分は前に進めない。

いまこそ、心の底から痛切に願う。

どうか。

「助けて…！」

助けて――――！

「———その真実、聞き届けた」

荘厳《そうごん》な神気とともに超然《ちょうぜん》と響《ひび》く声があった。誰もがはっと天を振り仰ぐ。

天頂に穿《うが》たれた亀裂《きれつ》に閃光《せんこう》が駆け抜《ぬ》け、白銀の龍《りゅう》が顕現《けんげん》した。冥い夜闇《よやみ》を切り裂《さ》くような光が、鮮《あざ》やかに降り注ぐ。

晶霞が眉《まゆ》を寄せてひとりごちる。

「……遅《おそ》い」

龍神はそのまま音もなく降下し、茫然《ぼうぜん》と天を仰いでいた昌浩の体に依《よ》り移った。光が弾《はじ》けて、激しくも清冽《せいれつ》な神気が彼の全身から迸《ほとばし》る。

がくんとのけぞって倒《たお》れそうになった昌浩を、慌《あわ》てた彰子が支えた。彼はそのままひとしきり動かない。

しばらく様子を窺《うかが》っていると、昌浩はおもむろに嘆息《たんそく》して口を開いた。

「……晶霞、お前のそれは、願いと言えるものではあるまい」

普段《ふだん》の昌浩のものとはまったく違《ちが》う、凄絶《せいぜつ》さと威厳《いげん》を備えた口調だ。彼が放つ清冽な神気が、彰子の身をすくませる。

それに気づいた昌浩は、薄く笑った。

「ああ、藤の姫《ひめ》か。久しいな。……随分《ずいぶん》楽しそうな出《い》で立ちをしている」

彰子はぐっと押し黙《だま》った。神の言葉に反論してはいけない。

昌浩に憑依《ひょうい》した貴船の祭神高龗神は、朋友に一瞥《いちべつ》を投げかけた。

「偽りなしの願いのみが神を動かす。晶霞、お前が言わずとも、力を貸してやるつもりではいたがね。まぁ、貸しにしておくか」

晶霞の柳眉《りゅうび》が跳《は》ね上がる。

「なに？」

高淤は晴明の額に手を当てて目を閉じながら、静かに告げた。

「……兆《きざ》しが見えた。星宿が、さだまりつつある」

弱まった晴明の命が神の力でつなぎとめられ、消えかけていた灯火が再び輝きを取り戻す。

安倍晴明の天命は、まだ尽きてはいない。

ひとり、取り残された者がいた。

その場に居合わせながら、疎外感《そがいかん》をぬぐえない。

章子は黙ったまま、彰子を凝視《ぎょうし》していた。

頬《ほお》に傷を負い、ぼろぼろの体で、彰子は昌浩とともに現れた。

突如《とつじょ》として弾かれたように駆け出したときの、彼の叫《さけ》びが耳について離れない。

――彰子！

彼は、守ると言ってくれた。

約束をしたから、守ると。

では、それは誰との約束なのか。

不思議な神々《こうごう》しさを宿した昌浩と、当然のようにその隣《となり》にいる彰子を見つめて、章子は唇《くちびる》を嚙《か》んだ。

自分とまったく同じ顔の、少女。

なぜ彼女がここにいる。

なぜ彼女がそこにいる。

「――――」

視界がふいに歪み、すべての輪郭《りんかく》がぼやけた。

熱いものが頰を滑《すべ》り落ちる。

章子は、生まれて初めて抱《いだ》く感情を胸に、ただ手のひらを握り締めていた。

あとがき

十巻のあとがきで混乱を招く発言をしていました。十巻の表紙にいるのは昌浩と若晴明でございます。決して成長した昌浩ではありません。単純に、

「昌浩は大きくなったらこんな感じになるのかぁ。面差《おもざ》しは若晴明にも絶対似るだろうしなぁ」

という感想だったのです。ここで謹《つつし》んでお詫《わ》びいたします。

チェックの甘かったN﨑さんが（え？）。嘘《うそ》です、ごめんなさい（読者&N﨑双方《そうほう》に平謝り）。

お久しぶりです、こんにちは。皆様《みなさま》いかがお過ごしでしょうか、結城光流でございます。

少年陰陽師十一巻と相成りました。天狐《てんこ》編も核心《かくしん》に迫《せま》っているような、脱線《だっせん》しているような。

じい様相変わらずピンチですが、これからもきっとずっとピンチです。

さて。恒例《こうれい》の人気ランキング。

一位、安倍昌浩、ぶっちぎり。最近絶好調、他の追随《ついずい》を許しません。

二位、物の怪《もののけ》のもっくん（含《ふく》む紅蓮）。人気回復の兆《きざ》しありでしょうか。でもまだ弱いなぁ。

三位、もっとも情の強い男旦那《だんな》。もとい、十二神将六合。物の怪に迫る勢いです。

このあとに勾陣、彰子、じい様、各神将にとっし—。そして、人気急上昇《じょうしょう》中、頼《たよ》れる長兄《ちょうけい》安倍成親。成親さんは書いていてとても楽しいので、この人が出てくると話が確実に脱線するという、実にキケンな男です（笑）。

昌浩の人気が最近とても高いのは、ドラマCDにおいて完璧《かんぺき》な昌浩を演じてくださった甲斐《かい》田《だ》さんの影響《えいきょう》が絶大だからだと思われます。大谷《おおたに》さんのもっくんも小西《こにし》さんの紅蓮もですが、やはり主人公は強い。それがイメージ以上のものであったらなおのこと。

窮奇《きゅうき》編全三巻を涙《なみだ》しながら聴《き》かれた方も多いでしょう。その筆頭が私だと断言できます。

ぜひ風音編もCD化をという希望要望切望が、私の許《もと》に続々と寄せられております。でも私にはなんの権限もないので、代わりにフロンティアワークスさんにそれらの要望を伝え、さらに「作ってくれ！」と毎日念を送ってみました。京都《きょうと》に鎮座《ちんざ》ましましておられるじい様にも祈《き》願《がん》です。一説によると呪詛《じゅそ》とも…ごほごほ。いえ、祈願、祈願。お願いじい様。

風音編を聴きたいかー！（おー！）罰《ばつ》ゲームは怖《こわ》くないかー！（…お、おー！）我々は風音編をこんなに求めている。

さぁさぁさぁ、マリン・エンタテインメント&フロンティアワークスよ、返答やいかに！

「じゃ、じゃあ、やりましょうかっ（逆らったら何をされるか…）」byCD担当N川路《かわじ》

おー！　やりました、勝利です！　あのシーンやあのシーンやあのシーンが、あの声とあの臨場感あふれる効果音とあの素晴《すば》らしい音楽で再現されるのです！　ありがとうじい様、あなたの孫は頑張《がんば》ってます！　闇夜《やみよ》の恐怖《きょうふ》をちらつかせたりなんか絶対してません（笑）。

少年陰陽師ドラマCD風音編、２００５年1月26日「禍《まが》つ鎖を解き放て」、3月25日「六花《りっか》に抱かれて眠れ」、5月25日「黄泉《よみ》に誘《いざな》う風を追え」、7月下旬《げじゅん》「焔《ほのお》の刃《やいば》を研ぎ澄ませ」、それぞれ発売予定。「焔～」はなんと2枚組！（の予定。その分ほかの巻よりちょっと値段が高く

なるようです）脚本《きゃくほん》は窮奇編を担当してくださった吉村清子《よしむらきよこ》さんが、みなぎる気合を引っさげて続投。メインキャストも当然窮奇編と同じです。変更《へんこう》なんてほかの誰《だれ》が許しても私が許しません（断言）。さらに、新登場する朱雀や太陰、勾陣や白虎、そして風音のキャストも見逃《みのが》せないポイントです。新情報や詳細《しょうさい》はフロンティアワークスで常にチェックだ！（アニメイト店頭及びWeb《ウエブ》&携帯《けいたい》サイトにいますぐアクセス！）ジャケットは勿論《もちろん》あさぎさん描《か》き下ろし。加えて、結城も頑張っちゃうかもしれません。だって風音編ドラマCD化ですよ。ここで頑張らなかったらいつ頑張るっていうんですか。え、いつもそれくらい頑張れ？　が、頑張ってるよ、たぶん……。

いやでもほんと、頑張るといいことがあるんですよ。たとえば、あさぎさんのイラストを一番最初に見せてもらえたりとか。少年陰陽師グッズをたくさん作ってもらえたりとか。新作グッズも続々登場するようだとか。……ええっ、そうなんですか⁉　ええ、そうなんですよ！　紅《あか》い勾玉《まがたま》つきのもっくんストラップと紅蓮根付《ねつけ》は携帯に。昌浩根付はうちの鍵《かぎ》に。六合根付は小銭《こぜに》入れに、上機嫌《じょうきげん》でつけてます。ストラップの出来がまたよくて、もっくんが可愛《かわい》いったら♪　新しくミニノートセットとか、もっくん湯飲みとかも出るそうですよ。実は原寸大物の怪のもっくんまで密《ひそ》かに企画《きかく》進行中だって噂《うわさ》も聞きました。あ、ここで言っちゃったら全然密かじゃないじゃん……。発売日などといったグッズ関連についての詳細は、これもアニメイトでチェックです！

ここまででおわかりだと思いますが、CDやグッズなどの細かい情報に関しては、結城本人も公式と称《しょう》しているサイト狭霧殿《さぎりでん》も、とっても役立たずです！　……事実でも胸に刺《さ》さるのぅ。いいんですよ、私が役立たずだからみんなが頑張ってくれるんです。他力本願だってうまくいけばそれでよし。うまくいかなかったら打ちひしがれて泣くからいいの。でもあんまり泣きたくないからできるだけ私も頑張りますよ。

頑張る筆頭はまず本編。なんだかさらに不穏《ふおん》な展開が待っていそうな天狐編。昌浩を軸《じく》にした彰子と章子のあれこれ。どうなるじい様。落ち着け十二神将。一服の清涼剤《せいりょうざい》成親昌親兄弟にただの人とっしー。天狐ふたりの動向に怪僧《かいそう》丞按の目論見《もくろみ》などなど、複雑に絡《から》み合ってくるようです。そして、まさかあの人がそんな！　という事態になる、かも？　予定通りにいけば、私また「鬼《おに》、悪魔《あくま》」の称号をほしいままにするかもしれませんわはははははっ。うっ、持病の癪《しゃく》が……げほげほ。

気を取り直して。冬には「ザ・ビーンズ４」略してザビ４も出るそうですよ。少年陰陽師短編を載《の》せてもらえる予定です。あと、もしかしたら別の短編もいけるかも？　請《こ》うご期待。

いつもいつもファンレターをありがとうございます。楽しく読ませていただいています。時間がなくて返事は出せないので、返信用封筒《ふうとう》や切手は入れないでくださいね。返せないから胸が痛むのです……。返事の代わりに小説を書くので、それで許してもらえると嬉《うれ》しいなぁ。

いろいろな楽しみに踊《おど》りつつ、また次巻でお会いしましょう。

結城光流

結城光流公式サイト「狭霧殿」http://www5e.biglobe.ne.jp/~sagiri/

「少年陰陽師　冥夜の帳を切り開け」の感想をお寄せください。
おたよりのあて先
〒102-8078　東京都千代田区富士見2-13-3
角川書店アニメ・コミック事業部ビーンズ文庫編集部気付
「結城光流」先生・「あさぎ桜」先生
また、編集部へのご意見ご希望は、同じ住所で「ビーンズ文庫編集部」
までお寄せください。

少年陰陽師《しょうねんおんみょうじ》
冥夜《めいや》の帳《とばり》を切《き》り開《ひら》け

結城光流《ゆうきみつる》

角川ビーンズ文庫　BB16-13　13521

平成16年10月1日　初版発行

発行者――――井上伸一郎
発行所――――株式会社角川書店
東京都千代田区富士見2-13-3
電話／編集（03）3238-8506
営業（03）3238-8521
〒102-8177　振替00130-9-195208
印刷所――――暁印刷　製本所――――コオトブックライン
装幀者――――micro fish

ISBN4-04-441615-X C0193 定価はカバーに明記してあります。

結城光流
イラスト／あさぎ桜
この少年、晴明の後継につき。
半人前の陰陽師が、都の闇を叩き切る！
少年陰陽師シリーズ
1 異邦の影を探しだせ
2 闇の呪縛を打ち砕け
3 鏡の檻をつき破れ
4 禍《まが》つ鎖を解き放て
5 六花《りっか》に抱かれて眠れ
6 黄泉《よみ》に誘《いざな》う風を追え
7 焰《ほのお》の刃《やいば》を研ぎ澄ませ
8 うつつの夢に鎮《しず》めの歌を
9 真紅の空を翔けあがれ
10 光の導《しるべ》を指し示せ
11 冥夜《めいや》の帳《とばり》を切り開け
以下続刊!!

篁破幻草子
1 あだし野に眠るもの
2 ちはやぶる神のめざめの
京の妖異を退治する、
美しき"冥官"
その名は小野篁!!
結城光流
イラスト／四位広猫
昼は貴族達の憧れの君、夜は閻羅王直属の冥府の役人——ふたつの顔をもつ少年・篁が、幼なじみの融と共に大活躍する、歴史伝奇絵巻!
●角川ビーンズ文庫●

霜島ケイ
Kei Shimojima Presents
イラスト／四位広猫
→
那智《なち》
受難多き霊能師。
↓
銀狼《ぎんろう》
お気楽な狼の妖怪。
凸凹コンビの
痛快オカルティック・
ファンタジー!!
だまってオレに
祓《はら》われろ!!
那智と銀狼《なちとぎんろう》
明日に向かって
祓え!
シリーズ続編も
絶賛発売中!!
「那智と銀狼 風と共に祓え!」
（イラスト 四位広猫）

●角川ビーンズ文庫●

スカーレット✝クロス
隠されし月の誓約
運命の二人に、
宿敵との決戦の時が迫る!!
「スカーレット・クロス」
シリーズ
①「混ざりものの月」
②「月闇の救世主」
③「新月の前夜祭」
絶賛発売中!
瑞山いつき
Itsuki Mizuyama
イラスト／橘水樹・櫻林子
枢機卿の陰謀で、無実の罪で拘束され拷問をうける《混ざりもの》の不良神父ギブ。
なぜか無反抗な彼を救えるのはただ一人、ギブを愛する下僕のツキシロのみ——!?
さらにその頃、謎の魔物の動きも活発化していて——

●角川ビーンズ文庫●

手折られた青い百合
歓楽の都
ドクター、今夜は、泊まってく？
友情以上恋愛未満な二人がいどむ、ロマンチック・アクション!!
ロンドンの自治都市レーンは"歓楽の都"。そこの住人ショウは美しくも誇り高い『宝石』の少年だ。新任の青年医師レイと親しくなったショウは、彼と共に薬物密売組織の陰謀を阻むことになるが——!?
シリーズ続編
「譚詩曲の流れゆく 歓楽の都」
（イラスト 雪舟薫）
好評発売中!!
駒崎 優
Komazaki Yuu
イラスト 雪舟薫